汤姆·斯威夫特和 3D遥控喷射器

【英】维克多·阿普尔顿Ⅱ 文
燕锐锋 等图
刘庆双 等译

江西·南昌
江西科学技术出版社

图书在版编目（CIP）数据

汤姆·斯威夫特和3D遥控喷射器／(英)维克多·阿普尔顿Ⅱ文；燕锐锋等图；刘庆双等译. -- 南昌：江西科学技术出版社, 2018.3（2024.1重印）

（汤姆·斯威夫特丛书）

ISBN 978-7-5390-5894-8

Ⅰ.①汤… Ⅱ.①维…②燕…③刘… Ⅲ.①儿童故事－英国－现代 Ⅳ.①I561.85

中国版本图书馆CIP数据核字(2017)第049717号

国际互联网(Internet)地址：http://www.jxkjcbs.com
选题序号：KX2016076
责任编辑：饶春垚
特约编辑：龙轲轲

汤姆·斯威夫特和3D遥控喷射器
TANGMU SIWEIFUTE HE 3D YAOKONG PENSHEQI

〔英〕维克多·阿普尔顿Ⅱ 文；
燕锐锋 等图；刘庆双 等译

出版发行	江西科学技术出版社
社址	南昌市蓼洲街2号附1号
	邮编：330009 电话：（0791）86623491 86639342（传真）
印刷	三河市嵩川印刷有限公司
经销	各地新华书店
开本	700mm×1000mm 1/16
字数	114千字
印张	11
版次	2018年3月第1版 2024年1月第2次印刷
书号	ISBN 978-7-5390-5894-8
定价	39.00元

赣版权登字-03-2017-69
版权所有 翻印必究
（赣科版图书凡属印装错误，可向承印厂调换）

前言 QIANYAN

人总是离不开阅读，特别是在现代化信息时代，阅读无疑更是我们难求的一片宁静港湾，让我们有机会去感受、去体悟、去反思、去认证我们的这个世界和未来的世界。

科幻小说是一种起源于近代西方的文学体裁，在尊重科学结论的基础上进行合理设想后形成的文学作品，具备"逻辑自洽""科学元素""人文思考"三个要素。科幻小说与一般的传统小说不同，其特殊性在于它与科学技术的发展有着直接的联系，能让读者间接了解到科学原理。但它又是一种文艺创作，它扎根于社会现实，反映社会现实中的矛盾和问题，在科学技术发展的方向上，提供若干有参考价值的预见。有时，某些科学发明尚未出现，科幻小说里则已经进行生动的描绘，如潜水艇、机器人和宇宙航行等。

著名文学评论家布哈伊·哈桑曾说，科幻小说可能在哲学上是天真的，在道德上是简单的，在美学上是有些主观的，或粗糙的，但就它最好的方面而言，它似乎触及了人类集体梦想的神经中枢，解放出我们人类这具机器中深藏的某些幻想。

阅读科幻小说至少让我们有如下的感受：

一、文学的轻松愉悦

科幻小说的主题非常明显，它会涉及"未来"和"未知"、"科学"和"规律"、"生命"和"文明"、"生存"和"冒险"等等，每一本科幻小说都是一个全新的世界，每一次阅读都是一段全新、充满惊喜的精神旅程。

二、科学与严谨的想象

爱因斯坦说过，想象力比知识更重要，因为知识是有限的，而想象力概括着世界上的一切，推动着进步，并且是知识进化的源泉。通过阅读科幻小说，感悟其中的想象力，在人文、哲理的思索上，在思想道德意识的增强上所起到的作用是潜移默化的、是发散性的，其威力是不可估量的。

三、引发科学与理性的思考

科幻小说中的"科学方法"是一种有系统地寻求知识的程序，涉及"问题的认知与表述""观察与实验搜集证据""假说的构成与测试"。简单地说就是一个科学理论要经过观察、解释、预测、确认、评估、发表的程序，才能从一个假设发展成原理。科幻小说的"理性思考"就是遵从客观规律、进行逻辑分析的思考方式。

《汤姆·斯威夫特》系列曾是国外流行的科普小说，书中很多的科幻内容今天都已经变成了现实，它曾影响了几代读者，它伴随了很多人的成长。现以中文出版此书，相信书中的情节与科学，也会给中国读者带来同样的快乐体验。

目录 MULU

第一章　木腿幻影 …………………………………… 001
第二章　太空灰尘 …………………………………… 010
第三章　一张惊恐的脸 ……………………………… 018
第四章　Q …………………………………………… 026
第五章　政府任务 …………………………………… 033
第六章　旋转的耳朵 ………………………………… 042
第七章　受惊的蛙人 ………………………………… 050
第八章　厨房幽灵 …………………………………… 058
第九章　鲁纳利欧的警告 …………………………… 067
第十章　夜间景象 …………………………………… 076
第十一章　脑电波发讯器 …………………………… 085
第十二章　神秘的入侵者 …………………………… 093
第十三章　坠入险境 ………………………………… 102

第十四章　隐蔽的钥匙……………………………… 111

第十五章　黑暗中的火光…………………………… 119

第十六章　来自灰熊的提示………………………… 126

第十七章　围捕行动………………………………… 134

第十八章　拉马的天空……………………………… 143

第十九章　一场3D"直播"………………………… 153

第二十章　小行星的秘密…………………………… 162

第一章　木腿幻影

"女孩们,去参观闹鬼的宅子怎么样?"巴德·巴克利的红色敞篷汽车在黑暗飞驰时,汤姆问道。

这两个小伙子同汤姆的妹妹桑迪,还有她的朋友菲利斯·牛顿,一起参加完晚上的聚会回来。

17岁的美女桑迪很怀疑地瞥了瞥哥哥,说:"你是在开玩笑吗?"

"不是。你听我说过格里姆赛博士吗?"

"就是那个在集团和你共事的新任科学家?"

汤姆点头,说:"他租的那个房子里总有怪事发生。我想顺路去看一下。"

巴德咯咯地笑了,说:"你应该听听他讲的有关那个地方的故事!有一天晚上,他听到房间外边传来沉重的脚步声。他从床上一跃而起,看见了这个宅子曾经的主人——去世的船长,然后又在他的眼前瞬间消失了。"

"哇喔!"菲利斯打了个寒战问,"这个去世的船长安息之地在哪里？"

"在那边的山头上，俯瞰卡罗帕湖。"汤姆说道。

巴德继续说道："还有一天晚上，格里姆赛博士感觉有一双湿冷的手在摸他的脸，当他醒来。发现有人在俯身看着他！"

"别说了！你说的我都起鸡皮疙瘩了！"桑迪抱怨道，"不管怎么样，我们都应该去那个地方看看。"

巴德开车转弯到一条盘山而上的泥泞路上。不一会儿，夜空下隐约可见一座宅子。这是一个带有三角形屋顶的老式建筑。光亮透过打开的百叶窗射了出来。巴德停了车，四个年轻人下车走了出来。

"格里姆赛博士是个聋子，有时还不得不调大助听器音量来听别人说话。"汤姆说道，"如果他有时头脑不太清楚，我们都谅解下。"

一位老人开了门。他有着浓密的胡子和天然铁灰色的狂乱头发。他的眼睛透过角质架的眼镜一闪一闪地盯着这些到访的年轻人，说："真好！真好！很高兴见到你们！快请进！"

"这是格里姆赛博士。"汤姆向桑迪和菲利斯·牛顿介绍道，"他是A国一流电子工程师之一。"

他们坐下来的时候，桑迪说："我们听说这总有怪事发生，格里姆赛博士。"

"租的房子？"这个老人点了点头，"是的，的确是。我来这参与你哥哥项目的时候才租的这个房子。"

桑迪重复了一遍问题。这个科学家抬起了左手,上面有颗长毛的黑痣,他飞速地伸向耳朵,扶了扶助听器。

"请你再说一遍,亲爱的。"他不好意思笑着说道,"是的,一些迹象表明这个宅子里的确有怪事。"

"是之前那个主人吗?"菲利斯问道。

"嗯,好吧,似乎是这样。他曾经是一位老船长,人们怀疑他是贩奴的或者海盗。他最后被淹死了,但是据说由于种种恶行,他的灵魂找不到安息之所。"

格里姆赛博士在谈论去世的船长的时候,看起来一点都不自在,女孩们便开始闲聊起其他话题。接着格里姆赛博士请求桑迪和菲利斯允许自己和汤姆先生离开一下。

"我要去书房里检验一些运算。"他解释道。

桑迪笑着说:"没问题,您请吧。"

这个留着平头的年轻发明家起身跟着主人去了。巴德随即起身,说道:"我也想进去听听这些天才般的点子。"

他们走了,留下两个女生,她们更加仔细地观察起这个房间。房间的壁纸是暗黑的,窗帘是桃粉色的。房间里有很多家具,款式很旧。

"这个地方看起来真阴郁!"桑迪嘀咕着,"想象一下,独自一人在暴风雨的夜晚待在这里!"

周围静悄悄的,能清楚地听见落地式大摆钟发出的滴答声。

突然，菲利斯惊叫一声，并用颤抖的手指指着。

"桑迪！快看！"

一个非常奇怪的影子从黑暗的角落里冒了出来！这是一个装着木制假肢的男人，他穿着带有铜纽扣的大衣，带着海船长帽子，帽子压得很低，盖住了双眼。他浑身湿了，雨水从身上淌了下来，衣服上还粘着海藻！他从角落里走出来时，嘴里发出低沉的声音。

两个女生非常害怕，一动不敢动地看着他。

"他全身湿透了。"菲利斯小声嘀咕着，"但是他没有在地毯上留下任何痕迹！"

"他不可能是真的！"桑迪坚持道。她对着那个人影说话，但是对方毫无回应。

桑迪壮了壮胆子站了起来，向那个幽灵走了过去。她伸手去碰他，但是她的手竟然穿过了他的身子！

两个女孩尖叫起来，抱在一起。汤姆、巴德和格里姆赛博士冲进客厅时，她们正惊慌地紧抱在一起。

"发生什么事情了？"汤姆问道。

"我们，我们，我们刚才看见去世的船长了！"菲利斯颤抖着说。

巴德盯着他们，又看了看四周，说："别开玩笑了，这里除了我们没有其他人。"

刚才那个幻影已经消失了！

桑迪刚要说话，她看见男生们忍不住笑了。她的表情一变，

汤姆和巴德大声笑了出来。

"没有比这更卑鄙的恶作剧了！"桑迪高喊道，"他们一直拿我们寻开心呢，菲利斯！"

"但是这怎么可能呢？我们刚才确实看到了它！"菲利斯非常疑惑地转向格里姆赛博士，"您之前还给我们讲了有关这个船长的故事？"

这位老科学家脸红了，说："请原谅我。这个顽皮的家伙，汤姆·斯威夫特策划了整件事情，并且说服我帮他做这个荒唐可笑的恶作剧。"

桑迪和善地笑着，说："好吧，我亲爱的哥哥。玩笑也开了，你也乐了。现在和大家解释一下吧。"

年轻的发明家还在咯咯地笑。他说："你们刚才所看见的东西，是我最近正在研究的一个发明——3D电视系统。"

"电视？"桑迪疑惑地说，"但是我们刚才看见的那个船长不是在电视屏幕上，它是在这个房间走动的！"

"的确是这样，因为我发明的系统不需要屏幕。"汤姆走了过去把窗帘拉到一旁。藏在窗帘后面的是一个盒子大小的设备，这个设备高一米，满是调谐钮和拨号盘。在机器的前端，有一个小天线。"这就是我说的新发明——电视投影机，能够在房间里直接生成3D图像。其实你们刚才所看到的图像是我从格里姆赛博士书房用遥控开关打开录影带形成的。"

"就是说我们刚看到的'去世的船长'其实就是光线了？"

菲利斯吃惊地问道。

"不完全是,但我期望以后能达到这个水平。"汤姆说,"这个图像生成于化学药物之下,化学药物是格里姆赛博士预先喷好的。这个电视投影仪发出的光碰撞到雾气粒子时,就会发光。"

汤姆补充说:"这种化学物质提取自一种发光的海洋生物。虽然不是很好的来源,但就目前来看我们也只能用这个将就了。"

格里姆赛博士拿来苹果汁和甜甜圈的时候,两个女孩儿拿刚才的恐惧开起玩笑来。

"虽然我们被吓得半死,但是我想这确实是个历史性的时刻。"菲利斯说,"你的新3D系统将来会给家庭电视带来一场变革吧,汤姆?"

年轻的发明家谦虚地笑了笑说:"虽然现在来看并不完美,但是我希望,有朝一日它能做到。"

四个人开车回家时,汤姆说:"我想今晚回工厂,去观察一下那个新发现的小行星,还不清楚它到底是什么。"

就在前一天,天文学家们发现有一颗非常奇怪的天体存在于宇宙之中。它显然是沿着太阳的轨道在运行。

菲利斯从敞篷车打开的天窗向夜空望去,说:"我们在这能看见吗?"

"肉眼是看不到的"汤姆说,"但要是能看到的话会很壮观。据报道,它是呈绿色的。"

巴德也很想看看这个东西。两个男孩开车把桑迪和菲利斯送回家之后，去了斯威夫特企业集团。这里高墙林立，是肖普顿镇外一处占地约十平方千米的实验站。汤姆和他同样知名的爸爸在此完成了多项令人称叹的发明。

"你的3D电视真是让女孩们大饱眼福了。"巴德咧嘴笑着说，"但我还是不明白你是怎么让图像聚焦的。如果那种化学雾气在空气中发散了，你又怎么能在一处成像呢？"

"这和我在大范围空间探测器上运用的电波终端原理是一样的。"汤姆解释道，他所指的是电子望远镜可见无限远的距离，"也就是说，这个电视投影仪发出了两条频率略有不同的电波，我可以调试这个距离，让它们的相们正好相差180度。"

"那么这两个电波就会在那个点上抵消掉？"

"是的。我们说的那个点，或者是节点，我们统称它为电波终端点。"汤姆继续说，"电视投影仪也能射出一个图像信号。一部分信号作为废能穿过电波终端点，另一部分信号会从电波终端点反射到传播机上。"

"你用在空间探测器上的那一部分信号能在屏幕上生成图像？"巴德问。

汤姆点了点头："是的。但是对于电视投影仪来说，我用的是这个信号的第三部分。第三部分正好被终端点吸收，所产生的能量会引起化学药雾发热。"

"产生单独的光点？"

"正是如此。"汤姆说,"那么,这个电视投影仪扫描这些光点的时候,它就会通过很多这样的光点生成一个完整的3D图像。"

"我现在明白了。"巴德说着把敞篷车停在了集团主楼外面。

门卫从门房里走了出来对汤姆说:"机长,刚才有一个陌生人来找你。他在周围闲逛了几个小时,希望你晚饭后能回来。"

"他是谁?"汤姆问。

"他说他叫穆尔弗。他不告诉我他想要干什么,但是给你留了一个字条。"汤姆读着字迹潦草的留言条。上面写着:

亲爱的汤姆·斯威夫特:

我能帮你在太空做一些精彩的实验。明天我会和你详细说一下。

乔伊·穆尔弗

汤姆把留言条给了巴德,他读完不屑地哼了一声:"好极了!这个家伙都不会拼写单词却还要帮你做一些'精彩的实验'。"

"可能是个疯子,但是,也有一些伟大的科学家没有接受过正规教育,所以听他说说,也不会有什么损失。"汤姆应和着,然后转向门卫说,"好的,谢谢你,蒂姆。如果穆尔弗再来的话我就见见他。"

门卫敬了礼,打开了大门。红色敞篷车径直进到工厂区,里面满是实验室、车间和飞机库。巴德把车停在了主楼外面。两个男孩赶紧冲进楼内,坐电梯去了带穹顶的天文台。

汤姆的百万巨视太空探测器的格子天线安装在斯威夫特强大的反射望远镜的两侧。汤姆按下按钮打开穹顶,预热了电路,把探测器定位好。他又调整了几下刻度盘,然后探测器的屏幕上出现了一个图像。是一大片黄绿色的圆形。

"有点像烟。"巴德嘀咕着。

"这个绿色的东西是它的大气层。"汤姆解释道,"看起来和金星周围的气体一样雾气浓重。但是天文学家已经根据轨道数据分析得出了一个结论,认为有一个固体在其里面。"

过了一会儿,这个神秘的物体发出奇怪的绿色光亮,并且变得越来越强烈、明亮。

巴德重重地喘着气,"汤姆,怎么回事?"

"我也不知道,完全没头绪!"

突然这个图像穿过屏幕滚动起来。汤姆伸手去调试设备。

显像管瞬间爆炸了,夹杂着令人可怕的电火花,还喷出许多玻璃碎片!汤姆和巴德向后踉跄了几步,捂住了脸。

第二章 太空灰尘

这两个小伙子被飞溅出来的玻璃碎片刮伤,他们把手从脸上放下来的时候,手上还残留着血迹。

"吆!"巴德看了看手指问,"汤姆,我们需要动大手术吗?"

"不需要,但是我想我们需要自己先处理一下伤口。"两个小伙子开车穿过实验室,到工厂的医务室去。那里有一位年轻的企业集团医生值班,他叫辛普森。他给他们清理了伤口,涂了消毒水。

他们回到天文台,汤姆拧开探测器控制板的后面板检查线路。其中许多电子元件还很热,还有些带保险丝的绝缘件和电阻丝微微冒着烟。

"到底发生了什么事情,汤姆?"

"一定是在功率放大部分出问题了,引起了非常大的冲击。电路过热,显像管上又有裂缝,它就裂开爆炸了。百年不遇啊。"

汤姆恼怒地站了起来补充道："好吧，显然今晚不能都修好。"

汤姆离开之前，用光学望远镜再一次看了看这个神秘的天体，它依然散发着奇怪的光。

次日清晨，年轻的发明家和他的爸爸老汤姆·斯威夫特提前下来吃早饭，迫切希望听到有关这个奇怪天体的最新消息。这对优秀的父子长得很像。小汤姆又高又瘦，老汤姆要不是两鬓斑白，看起来就像是他的哥哥。

斯威夫特夫人是一位优雅漂亮的女士。她在桌子旁坐下，桑迪也过来了。

新闻报道说："天空中的奇怪物体仍然困扰着天文学家。一开始，由于它沿着太阳轨迹运动，所以人们认为是新的小行星。但是昨天晚上，这个太空游客发出绿色光亮，这在观察员中引起了骚动。目前最大的问题就是不知道它从哪里来，新闻媒体给它起了一个昵称，叫'绿色星球'。"

"儿子，昨晚你是在前排观看大型太空表演的。"斯威夫特先生说道。

汤姆苦笑。"应该说是场边前排。"他说道，摸着脸上的伤痕，"爸爸，我还不知道那是什么……"

他的话被一阵响亮的振铃声打断，斯威夫特夫人抬头看了一眼。

"是报警器！"她嘀咕着，"天啊，是谁这么早就来了？"

"我去看看。"汤姆从桌旁站了起来。

斯威夫特家周围是电磁场，任何想闯进来的人都会触动报警器。斯威夫特家人和朋友们都会带着一块腕表，里面带有一个小型中和器能够避免触发警报。

汤姆从单向门镜中看了看，是一个骨瘦如柴、大鼻子的男人，他正打算按门铃。他的头发很长还很蓬乱，身上那件穿着不合身的蓝色衣服有很多褶子。

汤姆打开大门，微笑着问："什么事？"

"早上好，小伙子。你是小汤姆·斯威夫特？"

"是的。"

这位访客伸出了手说："我是乔伊·穆尔弗。不远万里来到这里见你。"

汤姆有点惊讶，但也和他握了握手并邀请他进屋。"我，收到了你留给我的留言条，穆尔弗先生。你找我是什么事呢？"

"孩子，这对你来说可能是再好不过的消息了。"穆尔弗扑通一声坐在安乐椅上，然后身子向前倾了倾，"你看，我和外太空联系上了！"

汤姆吃了一惊："哦，真的吗？"

"正是！我的大脑不断收到新的消息。我猜它们全都是来自于那个绿色球体。而且我得确定应该来见你。毕竟，在 A 国你是

研究太空的尖端人才,对吧?"

"嗯,我就做过一些太空飞行,但是……"

"没有但是!"穆尔弗用拳头反复地敲打着椅子的扶手,说,"兄弟,如果你雇我来这做试验性的工作,我保证我们一定会研究出一些炙手可热的科学发现!"

汤姆尽量让自己显得老练些,说:"穆尔弗先生,非常感谢你能来找我,但是你说的那些信息已经超出我的能力范围。但是或许你可以去那个……呃,心理实验室。"

穆尔弗一跃而起,脸气得通红。"你是在说我疯了或是怎么样了吗?"

"当然不是!我可没那么说。我只是……"

"你就是这个意思,就是这么想的,是不是?"穆尔弗咆哮道,"好,斯威夫特,你会后悔的!这是了解外太空真实内幕消息的机会,你一辈子都不会再有了!"

穆尔弗猛地冲出了房子。汤姆返回到饭桌旁,有些尴尬。

"是谁来了?"斯威夫特先生问道。

汤姆和斯威夫特先生讲了一下这个奇怪的男人。

"可怜的人。"斯威夫特先生同情地说道,"我希望他能没事。"

早饭过后,汤姆和爸爸开车去了工厂。路上,斯威夫特先生问了汤姆有关3D电视的进展。

"你现在到了直接用光形成图像的阶段了吗?"他问道,

"还是用生物发光喷雾?"

"还是在用喷雾。"汤姆答道,"在用光就能生成彩色影像之前,我还需要解决一些关于功率和调频的问题。"

"这样的话,我已经想到了一种新型发光材料供你使用。"斯威夫特先生指出有几种方法可以利用宇宙微粒来发光,"我已经完善了一个新型的太空集尘器,你可以用它收集大量的大气。"

"爸爸,这个想法真是太伟大了!"汤姆说,"我能坐在挑战者号中为我余下的实验收集足够多的气体。"

挑战者号是改造于一种斥力驱动的宇宙飞船,汤姆曾经驾驶这个飞船赢过外国宇航员,率先到达月球。

"我新改造的那个集尘器只是一个简单的装置。"斯威夫特先生说,"今天早上我刚给你准备好一个。"

"好极了!那么我今天下午就过去。"

汤姆来到企业集团,径直走向私人玻璃实验室,拿着足够多的电子齿轮去修理探测器。他开着吉普车来到主楼外面,坐电梯上到了观测台。他刚开始工作,电话就响了。他接起了电话。

斯威夫特家的秘书特伦特小姐告诉他说:"有人打来电话,拒绝说出姓名。他说有重要的事情。"

汤姆犹豫了一下,说:"好吧,电话接过来吧。"

这个男子的声音低沉而又有礼貌,他说:"我知道你正在研发一种新型的3D电视,斯威夫特先生。"

汤姆没有说话。

"你还在听吗?"电话那头的人问道。

"我在听。"汤姆冷冷地说。

男子呵呵一笑说:"也就是说,你什么也不想说。好吧,年轻人,我打算买你现阶段无须进一步研究的3D电视。开个价吧!"

"我没有东西要卖。"

"你的意思是说你没有这项发明?"电话那头的男子问道。

"再说一遍,我没有东西要卖。"

"也就是说,你已经发明出3D电视机,但是你并不打算卖。"

"你喜欢怎么说就怎么说。"汤姆敷衍地说。

他听到电话的另一头突然挂断电话的声音。汤姆笑着把电话挂了。

"我应该把这通电话的事告诉哈伦·艾姆斯。"他说着,随即拨通了企业集团安保主管的电话。

听他讲完这件事之后,艾姆斯问:"你能想到这个消息是怎样泄漏出去的吗?"

"嗯,我曾经发表过一篇关于电波中断原理的科技论文,或许是从这里泄漏出去的。"汤姆若有所思地说,"我和我的爸爸在芝加哥的研讨会上还讨论了它的通信原理。"

"你的意思是说有一个聪明的科学家可能从你说的话中知道

了这个发明？"

"是的。"

"听上去感觉像是有一些电视机厂商担心同你发明的新型电视机竞争。"艾姆斯说，"我会调查这件事情的。"

过了两个小时，巴德走进观测台的时候，汤姆正在忙着修这个空间探测器。

"修好了吗，汤姆？"

"差不多了，我现在正在安装定限输入量控制装置。"

"那是干什么的？"巴德问道。

"就是输入电压升得过高时自动断电。这个也许用不上，但是我还是不知道到底是哪里出了问题。"

很快汤姆就将探测器转动起来了。他修理它是为了能够呈现出绿色球体的图像，他打开电源，仔细地调整着电线。不一会儿，屏幕上出现了一个非常清晰的图像。

"咳！那个奇怪的绿东西不再发光了！"巴德惊呼道。

屏幕突然黑了。

"这个定限输入量控制装置自动切断电源了。"汤姆解释说，"真是越来越有意思了，巴德。"

汤姆重启了控制装置。这次他调低了信号放大器。虽然屏幕上的图像变暗了，但是能够看清楚。

让两个小伙子惊讶的是，球体又发出耀眼的绿光了！

巴德倒吸了一口气，说："现在全都亮了！"

"快看那绿色的雾气正在滚动!大气层现在正处于波动的状态。"

"你怎么解释这个现象,汤姆?"

这个年轻的发明家在观测穹顶室里走来走去。"巴德,我暂时解释不了。但是这倒使我想到了两件事。首先,每次探测器的光射到球体的时候,它都会发光。"

"为什么会这样?"巴德问道。

汤姆耸了耸肩,说:"在球体周围的大气中有光化反应。然后,昨天晚上图像从球体上反射出来的时候,功率过大导致装置过热,这也是一个反应。"

巴德摇了摇头,说:"我还是不明白。"

"你没看到吗?"汤姆说,"好像是我们从球体里获得的信号脉冲使输入电压疾速上升的。"

"为什么?"

汤姆诡异地笑了一下,说:"想听我大胆猜一下吗?"

"当然,洗耳恭听。"

"巴德,世界上存在着某种生命形式,它们不想被监视!它们甚至可能对地球上的生命存在敌意!"

第三章　一张惊恐的脸

巴德目瞪口呆地站在那里。汤姆关于生命存在于太空物体上的这个想法着实令人吃惊。巴德忍不住问:"你的意思是在绿色球体上有东西试图破坏探测器?"

"有可能。"汤姆说,"昨天晚上,它们或是它,或许是其他的东西,加大了信号力度,损坏了设备。如果我不用定限控制装置,这种情况今天可能又发生了。"

"他们对地球上的生命有敌意?"巴德问道。

"这只是一个大胆的猜想,巴德。如果探测器的问题是由某种生物引起的,它为什么要这么急于阻止我们看清楚那个球体呢?"

"你把我问倒了,朋友。"

巴德陪汤姆回到私人实验室。就快中午时,斯威夫特先生打来电话说,他已经准备好了空间集尘器。这两个小伙子到主楼里斯威夫特父子的双人办公室去见他,一起吃午饭。这间办公室中有一个非常大的照片窗、皮椅子和一张很宽的双人桌。各式各样

五颜六色的发明堆放在屋子内。

"儿子,你打算什么时候出发去收集这些原子粒子?"老汤姆问道。

"我想我应该是午饭之后直接去费林岛。"年轻的科学家回答道。费林岛是斯威夫特一家的火箭基地,离大西洋海岸不远。"巴德,你想一起来吗?"

"当然!"巴德是经验丰富的飞行员和宇航员,通常为汤姆作副驾驶。

不一会,一个身穿牛仔靴身材魁梧的人拖着沉重的脚步,推着餐车走进了办公室。

"你好,乔!"汤姆笑道,"中午吃什么?"

"非常特别的东西,男孩们!"

乔秃顶、罗圈腿,脸上的皮肤像是被烧了一样。矮胖的乔曾经在流动炊事车做厨师。斯威夫特父子在西南部做原子能的调查研究时认识了他。不久后,他们就说服这个年轻的牛仔来东部作他们企业集团的私人厨师。

厨师舀出一个厚厚的黏糊糊的黄色东西的时候,巴德怀疑地看了看。

"这团东西是什么?"

"小伙计。"乔说,"尝尝看。在芬伍德,即将会开一家叫格斯·米勒的特殊风味街边小吃。"

格斯是乔的一个朋友,已经在肖普顿开了一间店铺。

"听我说。"汤姆插话说,"是那个有大象的广告牌子那里,位于海岸边的悬崖顶端的那个'米勒的珍宝'餐厅?那天我从费林岛飞回来的时候看见的。"

芬伍德横贯于费林岛的内陆,基地的成员经常在那里吃饭。

"对的。"乔狠狠地点了点头,"格斯有了新的投资人,所以开了分店。你应该见过那里优雅的布局。那是一块宝地,往来的有休闲游泳的人、划船的人,还有高速公路上的司机。他们想在开业那天的菜单上准备一些很特别的菜品,所以他们就请我帮忙。"

巴德搅了搅那锅混合物,里面有可口的大块肉。"嗯,还不错。这是什么肉?"

"炖大象肉。"

巴德干咳起来,呛着了。汤姆给他捶了捶背后,巴德喘着气问:"大象肉?"

"是的。我在进口商那里进的这块肉。这个肉要与秋葵荚、香蕉一起炖。我们可以叫这个东西是巨型秋葵。"

汤姆看着巴德的表情大笑得身体发颤,但是努力认可地点着头:"与那个牌子上的粉色大象很配,是吧?"

"我就是从那里得到的灵感。"乔解释道,"但是格斯说他的合伙人刚刚想出了一个新的名字,肯定会招来更多的顾客,就和大象无关了。"

"我敢打赌我知道为什么和大象无关了,因为他的合伙人

尝过这个巨型秋葵的味道。"乔离开的时候，巴德小声嘀咕道。

他们吃饭的时候，汤姆告诉爸爸有关那个绿色球体最新的空间探测情况。他还解释道，他感觉在外太空存在其他生物。

斯威夫特先生大吃一惊，说："儿子，无论这个想法对不对，我觉得你都应该把这个消息报告给政府。政府的科学家们正在努力找到有关这个球体的一切消息。"

"好主意，爸爸。我会给伯恩特·阿尔格伦打电话。"

阿尔格伦是国防部高级研究项目中心的首席科学家，也是父子俩的老朋友。汤姆给他打了电话。

"嗯，这么说你是对的。昨天晚上球体发光是由探测器发出的光线引起的。"阿尔格伦听完汤姆的报告之后说，"这需要一些天文学家来解释了。"

至于电磁反应破坏了探测器，以及这是否意味着绿色球体上有生命存在，阿尔格伦十分谨慎，但是他对其原理还是非常感兴趣。

"你对绿色球体有多少了解？"汤姆问道。

"不是很多。国家无射电望远镜已经调试好，并且从中挑选出一些有趣的电波活动。以后我将会直接发给你一些图稿。"阿尔格伦补充说道，"国防部和联邦通信委员会都担心球体另一方面的情况。其电磁场似乎对我们的电子通信设备产生了干扰，就好像是太阳黑子一样。"

汤姆打电话的时候，巴德正在把空间集尘器安装到旋转小鸭上——旋转小鸭是汤姆发明的，它由喷气机和直升机组合而成。巴德开着飞机，两个小伙子向大西洋东岸飞去。

"珍宝餐厅的牌子就在那。"他们接近海岸线的时候，汤姆笑着说道。

这个牌子安在一个平台的高钢杆上，上面画着一只粉色的大象，写着餐厅的名字。这个平台是可以旋转的，周围有探照灯。那里有两个工人正在拆掉这个牌子。

"他们可能是准备安装乔所提到的带有新名字的牌子。"巴德说。

汤姆拿出双筒望远镜看了看。"换这么大的一个牌子要花很多钱。格斯的新合伙人一定有大量的现金。"

巴德给飞机减速，伸出了旋转小鸭的螺旋桨让飞机在一个视线比较好的地方盘旋。这两个工人听到声音立刻瞥了一眼，一个瘦瘦的男子脸色蜡黄，另一个男人则是皮肤黝黑，身材健硕。

这个身材高大的男人看到喷气式直升机的时候，感觉到一股强大的气流使他失去了平衡。他前后晃动，想找到个支撑点，但是他的脚已经触碰到展台的边缘！他尖叫着跌了下去，撞击到了拉线网，被弹了出去，落在了茂密的灌木丛中。

两个小伙子吓得脸色苍白。巴德迅速降落飞机，汤姆立刻打开无线电，给费林岛的工作人员打电话。

"快，给芬伍德医院打电话，叫救护车！"

第三章 一张惊恐的脸

这两个小伙子着陆后，从飞机里跳了出来，马上跑到那个一动不动的受害者身旁。汤姆检查他的脉搏时，感觉他曾经见过眼前的这个男人。

"还活着。谢天谢地，有拉线网和灌木丛才没跌下去！"

这时候，工人的同伴从顶上爬了下来。汤姆介绍了一下自己，说救护车正在来的路上。车很快到了，一位实习医生为这个毫无意识的工人做了检查。

"没有骨折。"医护人员说，"但有脑震荡的危险。"

伤员被抬到担架上之后，救护车开走了。另一个工人说，我应该跟着去，随即急忙开着停在周围的一辆卡车跟了上去。

"真是糟糕！"两人驾机升空后，巴德长吁了一口气。

"是的。"汤姆闷闷不乐地说。

费林岛曾经是一座荒凉的沙丘，到处都是灌木丛。现在，这一带有很多的实验室、车间和发射区，守卫相当森严。高耸入云的火箭矗立在发射台上。

汤姆呼叫费林岛的控制塔协助，躲过基地周围巡逻的无人机。他们在挑战者号发射地附近降落。

这艘大型宇宙飞船看起来像一个巨大的银色正方形笼子嵌在球形轨道里。这个轨道用来旋转并为碟状的斥力装置辐射器瞄准。辐射器喷射出强大的斥力波，使飞船起飞并提供太空驱动力。

二十分钟后，太空集尘器已经安装在了飞船外面的降落平台

第三章 一张惊恐的脸

上,通过连接电力插座来帮助飞行器运行。这个集尘器本身就是一个很大的空机箱,里面充满了电离射线和电焊条,用来收集宇宙粒子。

汤姆、巴德和一小队机组人员上了飞船,汤姆为斥力装置加足了动力。挑战者号瞬间极速冲上天空。地球逐渐缩小成一个多彩的球体。很快,在深蓝色的太空中就能看见浮动着的闪闪发光的摩天轮式空间站。

到达海拔八千米时,汤姆打开空间集尘器的开关,设置了球体的路线。飞船突然晃动起来。飞船的加速度计失控了——显示出急剧的负加速。

"我们在向地面猛冲!"巴德大喊着。

第四章 Q

"一定是斥力设备出故障了!"汤姆惊叫道。他切换到手动控制,开始引导飞船飞回轨道上。

两个小伙子安稳地坐在飞行员和副驾驶的位置上,而不是把自己绑在小床上;因为挑战者号通常飞行非常平稳,持续加速度也不会产生任何晃动。

汤姆看了一眼推力和太空船的航行仪表盘,皱起了眉头。然后他打开了空间位置显示屏。瞬间屏幕上显现出很多耀眼的光点,显示出各个天体的位置。汤姆笑着指着一个物体说:"这就是答案,巴德。"

巴德看起来很迷惑,"那是一个新的星球!"

"它是我们的朋友,绿色球体。"汤姆解释道,"我们的定位电脑一定是把所发射出来的一条排斥光线瞄准了它,但是不知道为什么航向上没有合力形成。来自另一个斥力装置中产生的推力冲击着我们不断偏离轨道。"

"真是头疼!"巴德嘀咕着,"那个绿色眼睛的婴儿不喜欢

第四章

射来的任何光线！"

汤姆解开安全带，大步跨过挑战者号的空间探测器。他打开空间探测器的开关，并调低信号扩大器以避免造成超负荷引起危险，然后把探测器对准了球体。球体再一次发出夺目的绿色光亮，周围的空气也跟着剧烈晃动起来。

汤姆回到飞行员的座位上和肯·霍顿联系，肯·霍顿是空间基地的司令。他问航天学家们是否一直在观测着球体。

"是的。昨天晚上没有什么异常，但是今天上午11:10分的时候又发光了。"霍顿通过无线电说道，"光亮减弱了，但是刚刚再一次发光并振动起来。"

"谢谢，肯。我知道这些就可以了。"汤姆和巴德若有所思地看了看对方。

"你怎么看这件事呢？"巴德问。

"这个想法可能会推翻我绿色星球上存在生物的理论。"汤姆想了想，"我之前曾经猜测过绿色星体上存在着不想被我们探测器探测到的生物。但是飞人，你刚才也说了，这个球体一定会对任何电磁波和光射线做出反应。"

"你知道是什么原因吗？"

汤姆耸了耸肩："可能是因为球体的大气层吧，不过这也是个猜想。"

太空巡航仍在继续着。这会儿，汤姆已经穿上太空服，穿过锁风通行道去检查太空集尘器。机箱里装满了灰尘，里面的部分已经凝结成金属物质了。

汤姆返回了机舱。他摘下安全帽，对巴德说："降落，飞人。我爸爸的新型集尘器发挥得很出色。我们有足够的星尘来支持六台3D电视的表演了！"

夕阳西下，挑战者号降落在费林岛上。在挑战者号返回内陆之前，汤姆开车去了基地，同企业集团瘦高的无线电主管乔治·迪林谈了两句。汤姆告诉他之前阿尔格伦说过的无线电难题，然后问道："你之前遇到过这些问题吗，乔治？"

"当然遇到过。"迪林说道，"没什么特殊的，但是我们遇到过异常的传播状况，在过去的几天里至少发生过二十次掉线的情况。"

空间集尘器安装在旋转小鸭上之后，汤姆和巴德启程飞回集团。喷气式飞机掠过一片水域向西飞去，飞进一片黑暗中。几分钟过后，他们逐渐接近有灯的高速公路，这条高速公路经过实验站工厂，通到肖普顿镇。

巴德倒吸了一口气，说："天呀！我不是产生幻觉了吧？"

一个发着绿色耀眼光芒的球体在天空中漂浮着！

这个发光的球体在城郊和企业集团的上方盘旋着。这个地区都笼罩在这个怪异的绿色光芒之下。

汤姆和巴德都非常震惊。汤姆降低阀门的速度，增加旋转轮的转动，然后小心地向绿色发光区飞去。

这两个男生突然都大笑起来！这个绿色的球体是一个固定的

第四章

热气球,表面一层装饰着能够发光的画。上面写道:

在绿色球体上吃晚餐。

肖普顿·芬伍德

"说起广告特技。"汤姆说道,仍然在笑,"这个都可以获奖了!它几乎让我真的以为火星人登陆地球了!"

两个小伙子飞到了企业集团的飞机场。塔台飞行指挥员对汤姆说:"机长,办公室有您的包裹。"

"知道了,谢谢。"汤姆用无线电回复说。

旋转小鸭轻轻地降落在跑道上,汤姆让一名机械师来接手。

"如果还来得及的话,我好像和桑迪有个约会。"巴德说。

汤姆笑道:"来得及,去吧,伙计。"

挥手告别后,汤姆开车到主楼,急忙冲进斯威夫特父子的双人办公室。在办公室的桌子上有一个大信封,这封信来自于国家射电天文台。特伦特小姐留了一个字条,上面写道这封信是空运过来的。

"是射电望远镜图表!"汤姆猜道。

他拆开包裹并从里面拿出来一卷卡带,他们标记在数学图纸般的正方形中,上面有很多铅笔线。这些是用来监测绿色球体运行状况的射电望远镜放大器的记录。

汤姆坐了下来开始仔细研究这些图表。"确实和我之前看到的不一样。"他皱着眉思考着。

不一会儿,有人敲门。

"请进!"汤姆喊道。

辛普森医生走进办公室,环顾了四周,看起来有点不安。"你好,机长!"他说,"我刚才联系了塔楼,听说你回来,看见这边有灯光我就过来了。"

这个年轻的医生走到汤姆的办公桌旁,看见了射电望远镜图,接着又凑上前去仔细地看,立刻对这个图表产生了极大的兴趣。"这些是什么东西?"他问道。

汤姆告诉他之后,医生非常吃惊。"这些看起来像是脑电图!"他说。

"你是说像人类脑波图?"

"确实像。比如那个电脑图片看起来像是P类型阿尔法波型。"

汤姆对这种奇怪的巧合很感兴趣,满眼放光。他预感在绿色的星球上有生物存在,到底对不对呢?无线电波能指示一些像人一样的智力吗?

"先别把话题扯太远。"这个医生说,"我刚接到了一通芬伍德医院打来的电话。"

汤姆的脸色沉了下来,问:"是和从指示台掉下来的那位工人有关吗?他怎么样了,医生?"

"他已经脱离昏迷了,但跌落肯定伤了大脑。他现在不能说话,他们说他似乎看起来害怕一些东西。"

第四章

汤姆皱了皱眉，说："他们不知道原因吗？"

"完全不知道。但是还不止这些，机长。大约在一个小时以前他草草地写了一些信息，要求见汤姆·斯威夫特。所以医院打来了电话。"

汤姆瞥了一眼腕表说："我们现在可以去探望他吗？"

医生点了点头："我们得快点到那。探病时间只到晚上九点钟。"

"那走吧。我们开原子能动力车去。"

这辆有着圆形棚顶的时髦跑车是汤姆的另一项发明，自带一个原子仓，每个轮子旁边都安装着一个小的电动发动机用来支持普通的陆地行驶。此外，它还有一个斥力装置升降机和空气喷气机用来支持飞行。

汤姆和医生从企业集团出发，向东快速驶去。刚过八点半，他们已经到了医院的停车场。在医院大厅的接待前台，他们得知病房在三楼。

汤姆和医生从电梯里出来的时候，他们找到了负责这层楼的护士。辛普森医生向护士介绍了自己和汤姆，又问了一下病房的位置。

这位护士有点犹豫地瞥了一眼楼下大厅。"我确定刚才看见一位实习医生进去了。"她嘀咕道，"他可能是为病人做检查。我去看看，请稍等一会儿。"

汤姆和医生点了点头。这个护士进了一间离他们不远的房间里。突然他们听到了一声尖叫。

"天哪！"汤姆警觉地看了看辛普森医生。他们擦过几个受到惊吓的访客迅速地向那个房间跑去。

汤姆先冲了进去。窗户大开着，一个穿着实习医生白大褂的男子正向窗台跨去。接着，这个男人头也不回地在夜幕之中从楼上跳了下去！

与此同时，受到惊吓的护士在护理那个病人，就是从工作台上掉下来的黝黑、壮实的工人。他摇摇晃晃地挪着步子，额头上鼓起了包。

他晃晃悠悠地回来之后，在床头柜里摸到了铅笔和笔记本。这位工人潦草地写了一些东西，随即瘫倒在病床上。

汤姆冲向窗口，那个穿着白色衣服的人已经落在楼后方的一个狭窄的门柱上，马上就要掉在地上了。

然后汤姆看了看这个工人写的东西。笔记本上只写了一个字母——Q！

第五章　政府任务

现在没有时间破解出"Q"代表的意思。这个神秘的凶手可能几秒钟之内就会消失。辛普森医生和护士正忙着照顾那个病人。

"我去追那个人!"汤姆大叫。他飞快地穿过围观的人群。电梯显示现在在底层,等电梯上来会浪费宝贵的时间。汤姆看了一下出口然后向那跑去。他冲下楼来到一楼大厅,大厅通往办公室和急救室。

他冲出了医院后门,来到了点着灯的后廊。他听到了发动机启动的声音,紧接着一辆车快速开走了。他寻着声音的方向跑去,是一条漆黑的胡同。车已经不见了。

"让他跑掉了!"汤姆气愤地嘀咕着。

他匆忙返回三楼。警察已经抵达现场,这个护士叙述了刚才的事。

她说:"我走进病房的时候,我看见一个打扮像实习医生的男人手拿枪站在病人的身后。"

"那他是不是医院的员工?"主管官员梅警官问道。

"不是，他看上去有一点陌生。我就叫了起来，然后他就猛地转了过来。那个病人试图去抢他的枪。但是那个男人把手抽了出来，打了病人，然后从窗户跳了出去。"

"你的意思是他来这里是要杀掉这个病人的吗？"警官问道。

"我觉得他是要绑架这个病人。"护士回答道，"刚进房间时，我听到那个男人说'快走，我可不是说着玩的'！"

"他应该是计划挟持这个病人走后面的楼梯。"汤姆说，"因为他穿着实习医生的衣服，所以我敢打赌医院里没有一个人会阻止他。"

"没有人注意到他有枪？"

汤姆指着门后的毯子说："他可能是想用这个毯子包裹枪。外面停着一辆可供逃跑的车。"

梅警官告诉他的同事提高警惕。他转向辛普森医生和另一个也在照顾病人的医生说："他能很快开口说话吗？"

医院的大夫摇摇头："不太可能。在今晚被打之前他就已经患有脑震荡。接受警方询问可能还需要几周的时间。现在他在重度昏迷中。"

汤姆眉头紧锁，仔细端详着这个工人。他看起来是如此熟悉，但是年轻的发明家想不起来他是谁，与此同时，此楼层的护士也说这个病人送来的时候没有任何身份证明。

汤姆插了句话说："还有另一个工人和这个病人一起在标牌

儿那工作,说他跟着救护车来了。他没来吗?"

"根据我们的记录来看,目前还没有来。"

"这个字母Q是什么意思,他为什么想要见你?"梅警官问汤姆。

"不知道。"汤姆说,"顺便提醒一下,企业集团会支付他在医院的花销。如果在此期间他能够受到警方全天保护,我们将会非常感谢。"

第二天早上在工厂,瘦瘦的拥有一头黑发的安全主管哈伦·艾姆斯和汤姆一样对此事都非常迷惑不解。他说:"机长,我想知道的是,为什么飞船靠近的时候他如此惊恐。"

"我也很想知道。"汤姆说。他停顿了一下,"哈伦,你想想看,事故发生的时候,我记得他看起来似曾相识。"

"你想起来在哪里碰见他了?"

汤姆摇了摇头,说:"不,但是假设我无意中遇到过他,或许是与破坏集团的一些犯罪计谋有一定的联系。这个飞船的注册号码有大写字母,号码是N527TS。如果他看到了号码并且知道那是我的飞船,他可能会害怕我靠近的时候会认出他。这或许可以解释他为什么那么惊恐、害怕。"

艾姆斯指出:"如果他害怕你,那为什么他之后要见你?"

汤姆沮丧地承认:"这确实不合乎情理。"

"那个字母Q是什么意思?"艾姆斯继续追问道,"是有关电子设备的吗?"

"是的,是一个技术术语,但是我怀疑这是否是他想表达的意思。"汤姆说,"可能这个字母是他想写的单词首字母。"

艾姆斯点点头:"好吧,我立刻打印照片给调查局传过去。我将和格斯·米勒一起调查他。"

汤姆走了。他决定直接去私人实验室。整个实验室占据这幢现代化大楼的一层,这幢现代化大楼是用玻璃建造的,实验室里面堆满了各种科学仪器。

汤姆在这里打了三通电话。然后他把太空集尘箱和电气控制板连接起来。通过保留电流射线的极性,他很快就中和了机箱中的金属物质的电荷。

这时候,格里姆赛博士、费利克斯·王和亚弗·汉森一起来到了实验室。这三个人都是和汤姆一起研究3D电视系统的同事。圆脸的费利克斯是一位年轻出色的工程师。亚弗是一个性格温柔、身材高大的技术工人,他经常为汤姆的新发明做一些模型。

汤姆为他们展示了空间集尘器,说:"这可以在我完成集成电路图之前提供足够充足的发光原料。"

"我们如何通过空气传播东西呢?"亚弗问道。

"我有一个主意,可以帮助我们重复利用相同的粒子。"汤姆拿着一支铅笔,潦草地画着一个电子管系统,管架的顶端靠近天花板,底端挨着地板。这些都与一个离心式空气泵连接。

第五章 政府任务

"这个空气泵会迫使空间集尘器进入到管子的上部。"汤姆解释道,"这将会有足够的孔使得这些粒子可以通过观察区过滤掉。由于地板上的这些管子也打有小孔,这些粒子也将会通过系统再一次吸收进来。"

"漂亮!"亚弗说,"我马上就试试。"

"不是所有的这些太空粒子都能发光。"汤姆指出,"所以想办法挑出会发光的那些粒子。"他让费利克斯·王建造一个特殊的质量光谱测量器来对这些粒子进行分类和排序。

最后,他叫格里姆赛博士设计一个高压动力充电机去激活这些粒子,这样3D图像信号就能使它们发光。

年长的科学家严肃地听汤姆解释着他想用于充电机的增能器电路图。"非常清楚,汤姆。你已经帮我解决了大部分问题。"

汤姆苦笑着说:"但是我没法这么简单地解决光成像的问题。"

他们三人走后,汤姆坐在办公桌前。他手拿一把测量尺,开始设计电路图,这可以让他将图像的信号脉冲转成可见光。

汤姆正全力以赴地处理这些艰难的公式时,电话响了。汤姆接了电话。特伦特小姐告诉他是本特·阿尔格伦从政府打来的。

"谢谢。接进来吧。"汤姆说。

阿尔格伦报告说:"国家研究理事会在下午2点的时候召开紧急会议来讨论绿色星球的情况。这是一个临时通知,汤姆,但是我们都希望你和你爸爸能来参加。"

"我确定我们会去的。"

阿尔格伦挂了电话后，汤姆给他的爸爸打了电话，他爸爸非常乐意参加此次会议。

"爸爸。"汤姆说道，"为什么我们不咨询我们空间站的朋友有关那个球体的情况呢？"

"好主意。"斯威夫特先生说，"我在空间交流实验室等你。"

几个月以前，一块黑色的陨石大小的导弹降落在企业集团的陆地上，上面有着一些非常奇怪的数学符号。斯威夫特先生已经破译出这些符号，并且认为导弹发送者是外太空的一种生物。很快，汤姆和爸爸便能使用强大的空间发射器和示波器型接收器来记录传送过来的信号与他们沟通。之后，汤姆设计了一个翻译计算机用来自动编码和破译这些信息。

斯威夫特先生看着汤姆在电子译码器屏幕上敲出来的信息。

写给空间站的朋友：

我们需要所有关于绕太阳运行的绿色球体的信息。你们能帮助我们吗？

两位发明家焦急地等待着。很快电子译码器响了起来。一些很奇怪的符号开始在示波器的屏幕上闪现。将他们回复斯威夫特信息的内容都拼写在带子上。

空间站的朋友写给斯威夫特：

绿色星体是……

突然，这些符号从屏幕上消失了，机器带子也停止了播放。

第五章 政府任务

"怎么了?"汤姆嘀咕道。他检查了翻译器,然后再一次呼叫太空生物。屏幕仍然空白。

汤姆不安地看着爸爸。"是不是他们那边的信号被阻截了?"

"也可能是我们遇到了联邦通信委员会担忧的问题。"斯威夫特先生若有所思地补充道,"也有可能是空间站的人们有一些特殊原因,不能继续发信息。"

两位发明家依然很担心,午饭过后立刻飞往首都。一辆豪华轿车把他们从机场接到了国防部。几分钟后,会议开始了。

国家研究理事会的里奥·波尔弗里博士报告说,无线信号依然异常中断。可能是影响到电离层的球体辐射引起的问题。亨利·格兰特博士是位海军天文观测学家,他承认他和同事们无法解释绿色球体的来源。

"这不是普通的大气层。"他补充道,"我觉得这个球体不是小行星。"

汤姆说:"绿色球体的放射线图与人类脑电图很相像。我们工厂的医生说它们与p型脑电波有着相同的节奏。"科学家们都大为吃惊。

大家都很疑惑,没人说话。最后伯恩特·阿尔格伦缓缓地说:"目前没有人能证明这是敌方力量。但这也是国防部不能忽视的一个危险。"

他指出,斯威夫特家的太空朋友已经把幻影卫星内斯特丽亚移动进地球的轨道中，太空专家们也提议捕获和转移一些小行星。

"我们必须面对一切可能性。"他说，"球体已经被地球上或者太空的敌人移动就位。它的大气层可能是人为创造的，以隐藏一些将要发生的事情。汤姆，你能开飞船对绿色球体进行一次探测吗？"

面对突如其来的责任，汤姆有点犹豫。但是他看了一眼爸爸，爸爸点了点头，汤姆同意了。

"我明天早上就可以出发。"汤姆补充道。

斯威夫特父子飞回企业集团，然后立刻投入太空航行的准备中。一会儿，哈伦·艾姆斯急匆匆地进了汤姆的实验室。

"调查局已经核实了受伤男子的身份，机长。"艾姆斯报告道，"他叫克劳斯·斯特考，是试图独占你海底氢源的敌方集团中的一员。"

汤姆大吃一惊。汤姆想起他以前设计和建造的深海水屋时遇到的危险，打了个响指。"难怪他看着眼熟！"汤姆大叫道，"他当时把头发剃光了，所以我才没对上号。"

艾姆斯解释说："斯特考已经从监狱中逃了出来，他看见你的直升机时，一定是害怕你会认出他。"

汤姆分析："如果斯特考现在为新的敌对集团工作的话，他们害怕的可能是同一件事情。这就能解释他们为什么试图绑架他。他们可能认为他的存在是一个威胁。"

第五章 政府任务

"但是他为什么要见你呢?"艾姆斯反问道。

"因为他害怕那伙人要杀了他,所以他想看看能不能和我达成交易。"

艾姆斯用拳头敲着掌心。"我敢打赌你的猜测是对的,机长!"他补充道,"格斯·米勒对斯特考以及同伙的背景一无所知。他们来那里吃晚餐并且愿意低价安装新招牌,所以格斯雇用了他们。他们也留下了电话号码,以便格斯先生想更换招牌的时候给他们打电话。我们查到电话号码来自于城镇里的一个工作室,但工作室空空如也。斯特考的同伙一定已经撤离了。"

汤姆皱了皱眉。"哈伦,我不知道他们想干什么,但是我觉得你最好检查一下招牌,看能不能发现什么线索。"

特伦特小姐拿着一封专门送达的信走进来,打断了他们的谈话。信封上面用绿色的墨水写着这封信是给汤姆的。

"这封信刚到。"她说。

汤姆打开了这个盖有肖普顿邮戳的信封。里面的信也是用绿色墨水手写的。汤姆读信的时候,惊讶地瞪大了眼睛:

如果你想身处安全,就赶紧取消你的3D电视项目。只给你这一次警告!

第六章　旋转的耳朵

汤姆把信给了艾姆斯。安全主管迅速浏览了信,然后愤怒地皱起了眉头,说:"汤姆,你怎么看?难道是斯特考组织的另一个动作?"

年轻的发明家耸耸肩:"可能是,但是我有一种预感可能与我昨天接到的那通电话有关。"

"就是要花钱买你电视系统的那通?"

"是的。你找到任何关于电视厂商竞争者的线索了吗?"

艾姆斯摇摇头,说:"还没有,但是我已雇用了一些私人调查员帮助我们。"艾姆斯答应立刻与邮局联系,尽力找到这封信是谁寄来的。

在下班之前,安保主管给汤姆打了电话。艾姆斯汇报说,斯威夫特的技术人员已经检查过在芬伍德饭店的招牌,没有发现任何可疑之处。艾姆斯还说,关于这封信邮局并没有提供任何线索。

汤姆和巴德在斯威夫特家吃了晚饭。斯威夫特夫人做的炸鸡

第六章 旋转的耳朵

和薄饼,还有蓝莓口味的脆饼。看到小伙子们大口大口地吃着,她很欣慰,但是通常在汤姆做探险之前她都是非常安静的。

"别担心,妈妈。"他们离开桌子时,汤姆拥抱了妈妈说,"明天我们的太空试飞顶多相当于飞到小月亮那次。"这是那个幻影卫星内斯特丽亚的绰号。

"我知道你和巴德都会很安全的。"斯威夫特夫人嘀咕道,"但是要尽快回来。"

桑迪帮妈妈洗碗,随后回到客厅和他们说起话来。"既然你们两个宇航员已经吃饱了,而且毫无防备能力。"她说,"那星期六晚上跟菲利斯和我来个双人约会怎么样?"

巴德笑起来。"这还用问?"

"好吧,或许不用问你,但是我不确定坐在那的天才哥哥是否感兴趣。"

汤姆一直在望着窗外,他非常抱歉地笑了笑说:"不好意思,妹妹。我刚才思考电视电路的问题。但是我确定可以约会。都有什么安排呢?"

桑迪的蓝色大眼睛闪闪发光,说:"既然你这么迫不及待地想要知道,我想我还是先保守秘密。我只能告诉你,我们的娱乐活动正适合像你们这样的聪明大脑。"

两个男孩听得都非常迷惑,但是桑迪也不再解释。

九点钟时,汤姆和巴德开车返回集团。旋转小鸭在飞机场上等着。他们上了飞机,系紧安全带。汤姆看了看手表。

"我们正好会错过在费林岛上的一次发射。"

"运送货物的火箭?"巴德问道。

"是的,目的地是小月亮。"斯威夫特家已经在内斯特丽亚上建立了永久的空间站。空间站和哨站都需要火箭输送供给品或工作人员。

旋转小鸭发出隆隆声,离开了飞机场。旋转器折叠的时候,这个设计非常时尚的飞行器发出嗡嗡的声音,在月光中向东飞去。很快,海岸线逐渐出现在前方,能看到波光粼粼的大海。

"看来格斯还没有把新的名字写在餐厅招牌上。"巴德说。

小伙子们可以看到天线杆上部分被拆除的大象图案。汤姆注意到,即使没有探照灯,这个台子依然在慢慢地转动。

"像这样浪费电真是太傻了。"他想。

一会儿巴德听到他大叫一声。汤姆将飞机调头改变了路线,在远处的水域上方盘旋着。然后他减速,放出螺旋桨使飞机保持盘旋。

"喂,怎么了?"巴德喊道。

"只是直觉而已,飞人,但是我还是要核实一下。"汤姆回答完,通过无线电给企业集团打了电话,"告诉艾姆斯马上派送一名技术人员来芬伍德,再告诉他给格斯·米勒打电话,请求他允许我们把餐厅的招牌拆了。这涉及我们火箭基地的安全问题,非常紧急。"

巴德一直等到旋转小鸭降落在长满草的悬崖边上,然后非常

第六章　旋转的耳朵

困惑地笑了笑，问道："介意告诉我这是怎么回事吗？"

汤姆说了受伤的工人已确定是克劳斯·斯特考。"几个技术人员过来仔细检查了下招牌，但是没有发现什么异常。"他继续说，"可刚才看到那个平台在转使我有一个猜想。"

"我还是不明白。"巴德说。

"看看这些在平台上的探照灯反射器。你不觉得它们看起来有一点太大了吗？"

巴德透过微弱的月光看着上面。"好吧，既然你……我的天呀！"巴德明白了怎么回事，下巴都快掉下来了。

艾姆斯和技术人员不久就来到了飞机这儿。这群人把招牌的电断了，然后爬上杆子开始拆这些探照灯。

"你猜对了，机长。"一个工作人员拿着对讲机报道着，"这些反射器是碟状天线，这儿有一个单独的配线系统来读取信号。"

艾姆斯倒吸了一口气。"你的意思是这些碟状天线就在我们的眼皮子底下追踪我们的火箭轨迹，汤姆？"

"是的，或许还偷听发送到费林岛的信息。他们用一个旋转的招牌作为完美的掩饰。"

在这个塔的固定底部的混凝土里。斯威夫特的工作人员找到了天线的电线，发现它们穿过了混凝土隐藏在钢构里面。

"你认为还有个中转传播器吗？"巴德说。

"有可能。"汤姆回答道，"或许他们已经安装了地下装置来监控我们带子上遥测的数据。"

混凝土的地基非常结实。飞机上升到半空中照亮了整个区域，但是仔细搜寻并没有发现进入地下暗室的入口。

"我们应该怎么办，机长？"机组负责人问道，"需要拿手提钻把这些水泥弄碎吗？"

汤姆想了一会儿，然后摇摇头。"如果地下有记录数据的设备，那么一定有人来收带子。哈伦，我们要对这里进行24小时实时监控。"

"好主意。"艾姆斯补充道，"我们一直以为斯特考和他的同伙就是听说格斯·米勒需要一个招牌，然后提出愿意安装。但是现在我不确定到底是不是这样了。"

"这一步感觉像是经过精心策划的。"汤姆赞成道，"这个招牌一开始就是为了盗取太空信息。"

艾姆斯点点头。"格斯·米勒没问题，但是我们对他的合伙人一无所知。我会调查一下。"

汤姆和巴德飞回了费林岛，在企业集团基地过夜。第二天天朗气清，这样的好天气非常适合飞行。在大厅里用完早餐之后，小伙子们开车返回发射基地。

一群志愿者为了此次飞行已经做好了准备，这些志愿者包括乔·温克勒和企业集团的首席设计师汉克·斯特林。

"飞机检查完毕，机长。"汉克说。

汤姆瞥了一眼让他骄傲的挑战者号，它看上去很大，像是一

个银质陀螺仪。"好的,汉克,我相信它能够带我们去那里。"

在他们上太空飞船之前,一辆车飞速向发射基地开来。斯威夫特先生下车,一一向全体机组成员握手。"儿子,祝你好运。我忍不住要飞过来给你送行。"

"谢谢,爸爸。"汤姆大笑着,握紧了爸爸的手,"这不是一件容易的事情,但是我非常想看见绿色大气层下面是什么东西!"

机组成员进入了气闸,坐电梯到了各自的岗位。汤姆打开了原子发电机,强大的飞船开始运行。在控制面板上灯光闪烁,表明斥力射线"混合"得当。然后汤姆排好同位素指示剂,调试斥力装置到最大的地面推力。

挑战者号急速升入空中。没有任何重力阻止他们增加速度,汤姆、巴德、乔、汉克和一名雷达员可以透过两个可视窗格尽情欣赏美景。

"请你们尝尝我的培根吧!"乔叫道,"当我还是流动炊事车的厨师时,我从没想到竟然能在这个高度欣赏地球!"

不一会儿,他们就飞到了平流层的上面。黑漆漆的无限太空就在他们的四周,点缀着钻石般的光芒。

在离地约三万五千米高时,他们到达了空间基地。十二个轮子上有天线和格子的望远镜。从一个轮辐来看,抛过光的镜子像人类的眼皮一样张开,把阳光聚焦到汤姆的太阳能电池上。

挑战者号快速穿越虚无宇宙。不一会儿,他们就看见了内斯特丽亚——一个绕着地球转、表面坑坑洼洼的小行星。

"我们还要飞多久？"巴德问道。

"大约6个小时。"汤姆说道，"如果保持现在的时速飞行的话。"

最终绿色球体进入到人们视野的时候，每个人都感觉非常紧张。它厚厚的、黄绿色的大气看上去像是软绵绵的球体。时间一分钟一分钟地过去了，神秘的球体变得越来越大。

"我们辛苦过来是要登陆吗？"汉克问道。

汤姆摇摇头。"我们先绕着轨道运行，获取一些仪器数据。"

汤姆仔细按着飞行按钮，旋转斥力装置的发射方向的时候，飞船突然晃动了一下。

这个球体发出强烈的光。整个驾驶室都被映成了明亮的绿色！

"发生了什么事情？"乔大惊。

"这个球体刚才对我们的斥力装置的光线产生反应了。"汤姆说，"我们不得不转向其他的星球。"

整个飞行期间，汤姆都和费林岛保持着联系。现在汤姆开始用无线电汇报他的轨道绕行策略，他非常专注，都没有注意到其他机组成员的沉默。

突然间巴德对着仪表盘向前一跌，副驾驶员失去意识了！

"快点救救他，汉克！"汤姆看了看四周着急地说。乔已经躺到了地板上,汉克和雷达员也无力地靠在舱壁上,紧闭着双眼,眼看着就要倒下了。

汤姆通过内线电话联系机组的其他人员。没有反应!"汤姆呼叫基地!机组人员出事了!"他发疯地喊着,"不知道是哪里出了问题……他们已经昏过去了!"

汤姆越发觉得眼皮很重。一股不可抗拒的睡意袭来。他挣扎着保持清醒,然后突然间瘫坐在飞行员的座位上!

第七章　受惊的蛙人

在费林岛上的追踪中心，乔治·迪林与他的小分队紧张地等待着。

"基地呼叫汤姆！请回话！呼叫挑战者号！能听到吗？"迪林一遍遍对着耳麦喊。

追踪技术员焦虑地坐在操纵台前。一名助手对迪林说："汤姆一定也昏了过去！"

此时，一阵死亡般的寂静在挑战者号驾驶室里弥漫开来，飞船无声地绕绿色球体运转，没有人控制。

过了一会，汤姆在宇航员座位上摇晃，他的脑袋里好像有牙医的钻孔机在钻着，刺穿厚厚的迷雾层。过了一会，电锯的嗡嗡叫声替代了钻孔机，接着是刺耳的低声，似乎消防车正向他们猛冲过来，汽笛大作。一个巨大的闹钟响起了，持续不断地发出刺耳的声音。

汤姆艰难地清醒过来。"那些疯狂的声音！"他想着。接着他意识到噪音来自收音机，那是高音调的号叫，刺耳的警笛声！

第七章 受惊的蛙人

汤姆抓起对讲机,大喊道:"挑战者号呼叫基地!"能听到吗?"

"我们能听到,声音大且清楚。"迪林回答,"队长,你还好吗?"

"我想我还好,但对讲机里的吵闹声是什么?有人频繁干扰我们吗?"

汤姆能听到迪林放松地笑了。"我们只是试图将你叫醒。你一定是昏迷了,其他的队员还好吗他们也安然无恙吗?"

汤姆瞥了一眼四周,其他的机组人员正无力地动着。他们看似经历了苦苦挣扎才得以恢复意识,似乎也是被对讲机中的噪音吵了起来,但他们沉重的眼皮马上又要闭上了。

汤姆感到困意来袭,就和之前麻痹他大脑的感觉一样,他晃动着身体。"乔治,先说到这儿。"他含糊地对着对讲机说,"我们最好马……马上离……离开这儿!"

汤姆移动着沉重的手指,摸索着控制器,设定了回到基地的路线。之后,他瘫坐在驾驶椅上,挑战者号转离轨道,返回地球。

二十分钟后,宇航员们开始恢复精神。汤姆和巴德首先恢复,接着是雷达员汉克·斯特林,最后是乔。

"发生了什么?"巴德询问道。

"有东西让我们都昏倒了。"汤姆回答,"我们不自觉地睡着了。"

汤姆通对内线电话确定其他队员的安全。所有人都苏醒过来了。"我们正在回到基地的路上。"汤姆向费林岛基地汇报说。

"收到！保持联系。"

"汤姆，你知道我们为什么会陷入昏迷吗？"汉克问道。

"仅仅是猜测，我想是与绿色球体的电磁放射有关，才使我们失去知觉。"汤姆说，"如果这就是原因，那它就不再神秘了。大脑研究员发现，利用电刺激前脑皮层能够使人陷入沉睡，而医生也使用过电麻醉技术。"

宇宙探索的失败使宇航员们都很沮丧。为了快点度过漫长的飞行，他们轮流休息了一会儿。

尽管挑战者号回到费林岛时天色已经晚了，但伯恩特·阿尔格伦依然在热切地等待着汤姆的报告。年轻的发明家给他打了个长途电话。

"伯恩特，我认为更多地了解绿色球体的最好办法是派无人驾驶探测器。"汤姆说道。

"你是说靠仪器？"

"不完全是。"汤姆说，"我会设计一些能够和人一样自由走动的机器人，并且给他们配备我现在正在研究的3D电视。"

汤姆讲述他脑中的设想时，政府科学家充满激情。阿尔格伦催促道："实施这个计划，你可以把它做官方授权，后续再

第七章 受惊的蛙人

签合同。"

"好的,伯恩特。"汤姆承诺道,"我们需要的就是您这句话。"

汤姆与巴德乘坐直升机回到企业集团。他们的旋转小鸭靠近陆地,汤姆注意到餐厅的招牌。这提醒了他,要注意是否有人来搜集数据录像带。他喃喃道:"我们的监察是否有什么发现呢?"

汤姆将录音机调到企业集团的当地频率。"跳转到鹰眼。"他使用的是艾姆斯所安排的任务中用的代号,对着对讲机说,"你收到了吗?"

"我是尼尔·福曼,收到,机长。"传来了监视员的回答。

"有什么情况吗?"

"从昨晚开始什么也没发生。"

"好的,我就是想了解一下情况。"巴德突然抓住他的胳膊,汤姆的脸从对讲机处转了过来。

"看!下面!"巴德指着下面大声说道。

在夜光下,汤姆能看到一个黑黑的身影正在悬崖上爬。他看一下速度并使直升机向下盘旋,向悬崖投去了强烈的聚光灯光束。

那个身影消失了!

"见鬼!他去哪儿了?"巴德嘟囔着,"他一定是躲在灌木丛里了。"

汤姆使用无线电传送信息给尼尔·福曼，然后迅速着陆。监视员从他之前隐藏的地方跑出来，加入他们。三个人拿着手电筒，朝悬崖处猛冲过去。

他们在岩石和树丛中摸索着前进，擦过河水边缘。接着他们分头行动，开始爬向更高的地方，仔细检查悬崖壁上的每处角落和缝隙，但都没找到目标的踪迹。

他们在悬崖顶相遇时，巴德生气地说："我们把他跟丢了！"

汤姆拿着手电筒照了照斜坡下面，说："他不可能凭空消失，也许他……"

一个身影迅速暴露在悬崖边阴暗的灌木丛中，年轻的发明家的话被打断了，呼吸急促。

"他在那儿！"汤姆大喊，他手电筒发出的黄色眩光定位着那个身影。

是个蒙面的蛙人！光照下可以看出，他将一个大袋系在了潜水服腰带上。他回头震惊地看了一眼，然后蹦到一个突出的岩石上，远远地跳进了水里！

巴德身着便装，想要冲下去追赶，但汤姆阻止了他。

"你没有穿戴潜水装备，不能下水追赶他！"

"他会跑掉的！"

"如果我可以扭转局势就跑不掉！"汤姆扭头跑向旋转小鸭，并用无线电联系费林岛。他命令巡逻船立刻离开陆地，进行

第七章 受惊的蛙人

沿海搜寻。他又启动了海洋猎犬，利用水上直升机的水中原子追踪器进行搜查，这种装置能够使直升机通过探测位于水下的微型化学痕迹搜寻到水下物体。

"现在要做什么，机长？"尼尔·福曼问。

"很有可能蛙人从隧道里出来。"汤姆回答，"去看看。"

三人爬下悬崖，发现灌木丛中隐藏了一个狭窄木制通道。汤姆拿着手电筒走在最前面。他们沿着隧道走了几百米后，来到了一个砖砌的屋。巴德看到了电灯开关，就打开了。

"哇！这是他们的藏身处！"内尔说，"肯定位于招牌的正下方。"

小屋内除了一个无线电录音设备之外什么都没有。汤姆检查了一下设备，说："他一定是把数据录像带取出，装上了新的。他很可能就装在大包里。"

他们从隧道中走出来，海洋猎犬正悬停在夜空中。

"有什么发现吗？"汤姆冲着对讲机说。

其中一位斯威夫特的海员梅尔·弗拉格勒报告说："队长，蛙人沿着海岸走了。肯定有车等他，我们发现了泥泞路上的轮胎痕迹。但他还是不见了。"

汤姆压制住失落说："好的，谢谢你，梅尔。走吧，确保安全。"

巴德与尼尔·福曼也和汤姆一样，为敌人逃走感到烦躁。

"好了，没办法了。"汤姆说，"内尔，想搭便车回肖普顿吗？"

"不，谢谢，我有车。"

汤姆和巴德重新启动直升机飞往集团。此时他们看到前方有一道绿光在浮动，就在工厂附近的高速公路上。

"天哪！"汤姆喊道，"巴德，我走了好运了！"

"为什么？"

"那个绿色的气球！如果旋转的招牌是监视使用的把戏，那这一个一定也是，我昨晚应该让艾姆斯再检查一遍的。"

汤姆减速飞行，朝气球俯冲下去。随着炫目的火光和巨大的轰鸣声，那个气球突然爆炸了！

第八章　厨房幽灵

爆炸像超声波击中了飞机，汤姆和巴德被爆炸后的强光晃得睁不开眼睛，一波波的热浪使他们大口大口地喘息。

爆炸的碎片雨点般地从天而降，下面高速公路上的司机慌忙减速。震动颠簸摇晃了旋转小鸭，汤姆努力控制操纵杆。

"我们的旋翼肯定坏了！"他大声喊道。

汤姆操纵飞机急速上升，他用无线电联系肖普顿的控制塔：

"请给肖普顿警局打电话，告诉他们绿色标志气球爆炸了，请求分流高速上的车流，等待艾姆斯介入调查，这可能是一起涉及国家安全的事件！"

"收到！"控制塔回应。

不到3分钟之后，旋转小鸭在集团的位置紧急降了下来。

"你认为气球怎么会爆炸了？"他们从直升机爬出来的时候，巴德问道。

汤姆耸耸肩。"也许是速炸引信，也许就是时间上的巧合而已。"

第八章 厨房幽灵

"怎么会呢?"

"蛙人现在已经提醒了敌人,他们也许察觉到我们下一步就要去检查绿气球了,于是就远程引爆了气球。"

汤姆驱吉普车前往安保办公室,和艾姆斯的助手菲尔·拉德纳谈话。这个留着金发的胖男人今晚值夜班。他告诉拉德纳派一队人,带着探照灯和金属探测器去高速公路以及周围地区搜索爆炸碎片。

第二天一早,哈伦·艾姆斯走进汤姆的私人实验室,看到这位年轻的发明家正在忙着检查一堆碎片。

"有什么结论了吗?"艾姆斯问道。

"气球肯定装了电子设备。"汤姆回答,他用镊子夹起一个类似晶体管的小部件。

艾姆斯皱起了眉头,问:"这是什么?"

"砷化镓二极管,用来调节红外线的。"

"这能说明什么?"

"气球也许吊着一个隐蔽的远程电视摄像机,越过厂墙来偷窥我们。"汤姆回答。

"二极管是什么作用呢?"艾姆斯问道。

"图像信号可能通过红外线传到几千米之外,而且集团和联邦通信委员会都没办法监察到。"

艾姆斯焦虑地摸着下巴,"显然我们面对的是精明而且拥有高科技手段的敌人。真想知道他们到底想要干什么!"

"你们查过格斯的合伙人了嘛？"汤姆问他。

"查过了，但是什么也没查到。他之前的名字是用弗莱德·弗拉姆。他告诉格斯自己是商人，有一笔钱打算做投资。他想和格斯成为合作伙伴，在芬伍德开一家餐馆，格斯来经营两家店。"

"这笔生意实质上不过是把那个招牌竖立起来的幌子。"汤姆分析道，"格斯就是被利用了。"

艾姆斯同意这个说法："而且肯定是弗拉姆派斯特考和他的搭档来争立招牌的工作。"

"那么格斯有没有弗拉姆的地址？"汤姆问道。

艾姆斯回答说："这个神秘的合伙人假称自己在X城有办公室。后来证实那只不过就是个电话答录服务热线。那边的人也只见过弗拉姆一两次，对他一无所知。"

艾姆斯走后，汤姆在实验室里和格里姆赛博士、费利克斯·王、亚弗·汉森一起开了个会。这三人刚完成了汤姆让他们做的发射装置。远程投影仪经过测试，成功地用空间粉尘代替了生物荧光雾，汤姆对于生成的清晰3D图像效果非常满意。

年轻的发明家阐述了他的计划：他打算派遣装备有这种远程投影仪摄像机的机器人去绿色球体，并把3D图像传回地球。

"我需要你们的人马上开始研究机器人。"汤姆继续说，"我给你们展示一下我想要的控制系统。"

中午的时候，乔·温克勒在机上厨房接到了一通电话，汤姆

第八章 厨房幽灵

让他带五份午餐来实验室。

"马上就来,头儿。"乔回答,"新鲜出炉的蟹饼桃子派!"

厨师哼着牛仔小调,装好午餐推车出发了。他看到汤姆和其他几位科学家们正忙着讨论一些图表和草图。

"开饭了,伙计们!"他低沉的声音响起,"是时候让你们的大脑好好休息一下了!"

汤姆和同事们还有刚刚加入的巴德都咧嘴笑了,他们放下手头的工作,开始吃午餐。乔和他们有说有笑地聊起来,饭后他又拖着沉重的脚步从走廊走了回去。

乔走进厨房时,迟疑了一下。一个男人正在电灶上做饭,他背对着门,身材圆滚像水桶一样,围裙下面穿了一条利维斯牛仔裤,还穿着西部风格的衬衫。

乔惊讶得目瞪口呆。一阵怒气涌上心头。"这家伙以为自己是谁?"乔怒气冲冲地想,"胆敢在我的地盘上不拿自己当外人!"

"嘿,住手!你到底是谁!你在这干吗?"乔大声叫着。

可是那人并没什么反应,继续做饭。乔更生气了,冲向了他。这时擅闯者转身从架子上拿东西,乔瞪大了眼睛。

那人竟然和乔长得一模一样!事实上,不只脸,连穿着也都是一模一样的,简直就是乔本人!

乔被眼前不可思议的一幕惊得尖叫起来。他的头发好像都立了起来，而那家伙仍没有反应。

面如死灰的乔飞奔到门口。"见鬼了！"他尖叫着，"我自己的鬼魂！"

惊慌的厨子撞见了汤姆和巴德，两人却乐不可支。

乔突然起了一丝疑心。"你们是不是搞了个什么科学实验来戏弄我？"乔怒喝。

汤姆强忍住笑。"不好意思，是我们错了。"他忏悔说。

"但是！"巴德说，"这可是他的主意。"

"我猜也是。"乔回嘴道。

两人护送乔回厨房时，还在笑个不停。汤姆给他看了藏在大墙体柜中的3D投影仪。巴德趁乔不在的时候偷溜进厨房，在厨房里喷了化学喷雾。

"你是说我看到的恐怖景象就是一个投影的3D画面？"乔惊讶地问。

"对。"汤姆笑着说，"这个小玩意儿就是播放了你的一段影片，是巴德早上用'间谍眼'偷拍的。"

"间谍眼"是汤姆早些时候的发明，可以"看"穿实体墙壁。汤姆把它改造成3D的录像拍摄器，巴德透过关起来的门拍摄了乔在电灶前做饭的情景。

"好哇！把我烤成生蚝吧！"矮胖的乔州人大声说，"估计这让我变成了第一个3D电视厨师！"

汤姆一下午几乎都将自己关在实验室里。他的同事们忙着研

第八章 厨房幽灵

发机器人，他则一门心思投入到了优化他想加入到投影仪中的光成像算法上。这可以让他的3D系统自给自足，无须外界发光粒子来形成图像。

有关电路问题的答案在他的脑中翻腾不休，汤姆此时自信满满，他将那些图表、算式放置一边，开始设置试验板模型。

"用示波器中的四级晶体管代替反射速调管。"汤姆思考着，"我如果把吸收频率提到足够高，就能在波尾端产生可视光线。而且我仅需调节波尾频率就可以在这个新系统上得到色彩。"

到了五点，他的模型终于成形，工作台上散落的都是电子零件。第二天已是星期六了，但是汤姆还是一早回到了集团里，准备来一场周末苦战，下午三点左右才停下来吃了点东西。

几分钟后，格里姆赛博士来到实验室。这位留着胡须的科学家看起来疲惫不堪，眼皮发沉，脸也涨红了。

"汤姆，机器人的离子驱动发电机遇到了问题。"他说。

汤姆看了看格里姆赛博士的演算算式，提出了新的解决办法。汤姆看到年长的博士靠在工作台上，有些站不稳，大声地问道："你还好吗？"

"没问题，就是有点累。"格里姆赛博士摘掉眼镜。他用长着一块黑痣的左手疲惫地揉了揉眼睛。

"你这段时间工作得太辛苦了。"汤姆说，"坐下来吃个三

明治吧?"

"谢谢,但是我,我觉得我不能……"格里姆赛博士的声音越来越弱。

他的眼神突然变得呆滞,要不是汤姆把他扶住,他就跌倒了。

"天啊!"汤姆咕哝着,"这个可怜的人烧得厉害!"他把格里姆赛博士安置在板凳上,让他的头枕着工作台,然后打电话叫了急救车把他接走了。

过了二十分钟,辛普森医生打来电话。"他体温40摄氏度,汤姆。我查不出其他症状。"医生听上去很困惑,"我给他打了针抗生素,也许是病毒感染。"

"好的,谢谢你,医生,有进展告诉我。"汤姆挂断电话,有点担心。

快六点的时候,巴德冲了进来,他身着白色衬衫、运动外套和宽松长裤。"嗨,天才。可别跟我说你把我们的四人约会给忘了?"

汤姆一脸茫然地看着巴德,不好意思地笑了。"好吧,既然你提起来了……"

年轻的发明家洗漱了一下,然后在实验室隔壁的单间公寓里换了衣服。小伙子们接上了桑迪和菲利斯驱车前往科莱诺酒店吃晚餐。女士们却绝口不提晚上安排了什么活动。

桑迪笑着说:"但是,就像我先前说的,这项活动会非常适合汤姆的非凡大脑。"

　　他们离开了酒店之后,桑迪告诉巴德该怎么走。很快他们来到肖普顿的一个电影院。华光闪耀的大天幕上写着:不可思议的鲁纳利欧——世界上最伟大的读心师!

第九章 鲁纳利欧的警告

"读心师！"巴德进到电影院停车场的时候笑着说，"听着，如果这个伟大的鲁纳利欧想要读取汤姆·斯威夫特的想法，那么他应该先知道微积分和计算机语言！"

"他很厉害！"桑迪坚持道，"我们很荣幸请到他来参加这次慈善表演。"

"谁能获得福利？"汤姆问道。

"残疾儿童基金会。"菲利斯解释说，当地有几个俱乐部赞助此次表演，"表演包括歌曲和舞蹈，但鲁纳利欧的表演将是最大的看点。"

不一会儿，招待员把四人领到了他们的座位前。灯光很昏暗。乐队开始演奏，幕布拉开。

整个表演是以一个灰色幽默剧开场的。然后响起了一首调子有点奇怪的东方音乐，"不可思议的鲁纳利欧"来到了台上。他穿着晚礼服，带着丝质头巾，上面镶着一颗绿宝石。他身边有位美丽的年轻女子，身穿金光闪闪的长裙。

鲁纳利欧表演了一些魔术，然后从观众中邀请了两个人遮住他的眼睛。一个黑色的毡垫放在他的眼睛上用丝巾绑住。

"我的助手将会给你们发卡片，你们可以在卡片上写上任何问题问我。"鲁纳利欧继续说，"请大家举手，我的助手就会给你一张卡片和信封。然后随同卡片附上一件个人物品。这样有助于我们之间的心灵感应。"

他的女助手走到过道时，观众席的照明灯开了。一个体态丰满、上了年纪的妇女举起了手。鲁纳利欧的助手给她一个卡片和信封。她写完卡片之后，在钱包里拿出了一个东西放在信封里，封上信封还了回去。

"非常感谢。"鲁纳利欧的助手说，"现在请你集中精神，然后想象信封里面装着的东西。"

全场一阵寂静。"这个提问者是个满头白发、身穿蓝色裙子的可爱老人。"鲁纳利欧说完，又补充道，"女士，您能站起来吗？"

这个老妇人站了起来。在场的所有人看见她穿的衣服和鲁纳利欧描述的一模一样，现场响起了雷鸣般的掌声。

这个读心术者继续说道："信封里的东西是一个金色的小药盒。"

他的助手打开了信封，拿出了一个小东西把它打开。的确是金色的药盒！全场再一次响起了雷鸣般的掌声。

"接下来是最难的部分。"鲁纳利欧说道。他把手指放在

第九章 鲁纳利欧的警告

了太阳穴上，似乎陷入了恍惚的状态。最后他说："我亲爱的女士，放心好了。你家贵宾犬的胃肠疾病会好起来的。"

在场的观众大笑起来。然后鲁纳利欧的助手打开了信封，读了上面内容："我的贵宾犬吃了一整盒巧克力会死吗？"

那位老妇人说这就是她的问题时，全场再一次响起雷鸣般的掌声。

"呃，不赖嘛。"巴德很不情愿地说。

接下来的一个志愿者是戴着眼镜的光头小个子男人。鲁纳利欧描述了他的长相和他放在信封里的东西——一支圆珠笔。他还告诉这个小个子男人他买的股票即将要增值。

"他是不是很厉害！"菲利斯小声对汤姆说。

"他表演得不错。"这个年轻的发明家赞同地说。

"你似乎并不觉得很厉害。"

汤姆笑着说："嗯，想要破解他的这个方法并不难。"

桑迪无意间听到他们的谈话，冲她的哥哥做了一个鬼脸。"是吗，聪明人？"她开玩笑地说，"我知道你是一个聪明的发明家，但是我从来就不知道你还会读心术。"

"也许我可以试试。"汤姆笑着回答。

下一个志愿者是一个红头发的女孩。她写出问题的时候，汤姆坐在挨着过道的地方，从他的衣服兜里拿出了一个东西。然后他手拄着脑袋斜靠在椅子上就好像感觉整个演出过程都很无聊。

"她在信封里放的是一个口红盒。"他告诉菲利斯。

汤姆猜对了！

"你是怎么猜到的？"菲利斯睁大眼镜问道。

汤姆只是浅浅一笑。"而且她想知道她是否能和她喜欢的人一起参加六月份的舞会。"

汤姆再一次猜对了！鲁纳利欧确定这个女孩可以和她喜欢的男生一起出席舞会。

"汤姆·斯威夫特，现在快告诉我们，你是怎么猜到的！"桑迪小声说道。

"鲁纳利欧的助手可以看到他们放在信封里的东西。"汤姆说，"然后她打开信封展示物品的时候可以偷瞄到卡片上的内容。她只需做手势告诉她的老板。"

"她是怎么做到的？"巴德询问道。

"她是用鞋子来传递摩斯密码。很明显那里面藏着一个小型传送器，鲁纳利欧的头巾里面藏着耳机。"

"但是你究竟是怎么听到的呢？"菲利斯问道。

汤姆笑了笑，打开了拳头。他手里有一个袖珍收音机，形状像钢笔。"我现在要做的就是找到合适的频率。"他解释道。

这个年轻的女子在经过过道时，在汤姆的位置前停了一下。

"啊！我相信著名的年轻发明家汤姆·斯威夫特也在我们的观众中！"鲁纳利欧喊道。

全场响起了一阵掌声，汤姆不得不起身鞠躬。然后鲁纳利欧提出要读他的心。汤姆友好地写了问题，并且连同他的腕表一同

第九章 鲁纳利欧的警告

装在了信封里面。

鲁纳利欧确认信封里面是一块手表,然后继续说:"你希望知道下一次太空飞行是否顺利。我窥探你的未来的时候,我发现……"

突然间这个读心者的声音停住了。他的表情恐惧地扭曲,他用沙哑的嗓音说道:"不!哦,不!汤姆·斯威夫特,你将会有生命危险!"

鲁纳利欧试图继续往下说,但是他看起来说不出话了。他抓下眼罩,然后踉踉跄跄地向后仰去,摔倒在地!

观众们非常吃惊地唏嘘着。整个剧院陷入了一片骚乱之中。汤姆犹豫了片刻,然后冲出过道到了台上,巴德紧跟其后。剧院的经理脸色惨白,非常着急地赶到了现场。

"女士们,先生们,请……请……请大家保持冷静!"他喊道,"鲁纳利欧现在很虚弱,但是我相信他会没事的。请大家回到原来的位置上,我们的演出照常进行!"

全场的灯光再一次昏暗起来,经理领路,汤姆和巴德带着鲁纳利欧去更衣室的时候乐队再一次奏起了音乐。观众中有一位医生为演出者做了检查。

"显然没什么大碍。"这个医生说道,"他看上去好像很紧张,但是他的脉搏正恢复正常。"

稍后,有人敲门,鲁纳利欧醒了过来。桑迪和菲利斯站在门外,也来到后台和男生们一起看他。

"他还好吗?"桑迪瞥了一眼倒在沙发上的人,焦虑地问道。

"医生说一切正常。"汤姆嘀咕道。

这时候鲁纳利欧慢慢睁开双眼。喝过了一些水之后,他死盯着汤姆。"我现在还是不明白。"这个表演者嘀咕着。

"你的意思是不明白刚才在台上发生了什么事情?"汤姆问道。

鲁纳利欧点了点头,皱起了眉头。他说:"说实话,我不是通灵师。我的读心术只是特技。这取决于我和我的助手的相互配合。"

"我知道,她通过无线电给你传递信号。"汤姆说。

"是的。我想这对于像你这样的科学家很容易就猜到了。事实上,我曾经参加过ESP考试,这个考试叫作超感觉感知考试——是在大学里的超心理实验室里参加的考试,而且我的分数是最高的。所以在某种程度来说我是一个通灵师。虽然我的读心术还依赖那种把戏。"

"我理解。"汤姆说,"请继续说。"

鲁纳利欧再一次皱了皱眉,擦了擦前额。"奇怪的是,我回答你问题的时候,突然开始接收到了一些信息。我当时有一个非常强烈的印象,有一个外部的力量正在威胁着你。这使我非常害怕。相信我,你的生命确实有危险!"

"我知道了。"汤姆非常认真地盯着鲁纳利欧,"好的,谢

第九章 鲁纳利欧的警告

谢你告诉我。"

他们从更衣室走出来的时候,桑迪和菲利斯两人都非常担心汤姆。

"天呀!我不喜欢这样!"桑迪嘀咕着,"你不会认为他的警告是真的吧?"

"很有可能不是。"巴德嘲笑道。"我敢打赌整件事情就是一个宣传的把戏。明天十之八九他会上《晚报》头条并且还会对他进行一个全方位的采访!"

"你是怎么想的,汤姆?"菲利斯问道。

年轻的发明家耸了耸肩。"我不禁感觉他在某种程度上有两下子。但这也是我的猜想。他有可能是一个骗子,或者是一个疯子。"

不一会儿,整场演出结束了。观众们和乐队纷纷离场。人们都在大厅聊天,桑迪和菲利斯也驻足和几个朋友聊起天。

在糖果柜台后面有一个黑发的可爱小女生看到了汤姆和他的朋友。她向汤姆挥了挥手并指了指他。

巴德轻轻推了推汤姆。"嘿,伙计,柜台后面的那个女生想要你的签名或是其他的什么东西。"

"我想我不喜欢这样。"菲利斯假装吃醋地说。

汤姆笑了笑捏了捏她的胳膊说:"别理这个乱开玩笑的人。我马上回来。"

他向糖果柜台走去。

"你就是汤姆·斯威夫特？"这个女孩问道。汤姆点了点头，她继续说道："斯威夫特工程集团的一个人刚刚打来电话留言。他说在演出结束后请你立刻给总机接线员打电话。他说有急事。"

汤姆非常震惊。"他留下名字了吗？"

"没有，实在抱歉，他非常着急地挂了电话。"

"一定是奈德叔叔。"汤姆想，"我非常好奇是什么事情？"奈德·牛顿是菲利斯的爸爸，也是老汤姆先生的密友。他现在是斯威夫特工程公司的经理，这个工程公司是负责制造集团的发明的。

"你可以在办公室打电话。"这个女孩说。

"谢谢。"汤姆走进柜台后面的屋子里面，尝试给工程集团打电话，但是电话似乎不能用。他回去找巴德和女生们，然后解释了情况："介意等一会吗？我去里边的电话亭打个电话。"

汤姆朝着座位后边角落里的电话亭走去。

时间一分一分地过去，大厅的人都走光了。

"我应该把那小子从电话旁拽走。"巴德开玩笑地说，"每当接触到有关科学的东西时，他都会忘记时间。"

巴德再一次进入昏暗的剧院时，看见只有电话亭那里闪着光。汤姆坐在里面，头靠在电话亭边。他看起来很认真在听。

巴德敲着电话亭的玻璃，说："嘿，长话短说，教授！"

汤姆没做任何回应。他听到了一阵嘀嗒声音。他再一次地敲

第九章 鲁纳利欧的警告

了敲玻璃。

突然巴德瞪大了眼睛。电话的听筒是悬在那里的!紧接着他发现从汤姆的头上有红色的东西流了下来!

汤姆失去意识了!

"天哪!"巴德试图打开电话亭的门,但是它只能挪动了三十厘米的开口。汤姆的腿挡在了门口!

与此同时,那个恐怖的嘀嗒声继续响着。巴德几乎吓得要疯掉了,"里面很可能有一个定时炸弹!"

第十章　夜间景象

巴德用力拉电话亭的门时，经理从后台走了出来。

"清理现场！"巴德大喊，"赶紧报警！"经理快步向他走去，巴德急忙解释了现状。

"那炸弹怎么办？"被吓坏的经理结结巴巴地说，"你们俩将……"

"别管这了！让大家都出去！"

经理匆匆离开了。巴德把门撬开一点，将胳膊伸进去。汤姆睁开迷离的双眼。

"汤姆！快醒醒！"巴德抓住年轻的发明家，拼命摇晃他，"伙计，快起来，这有炸弹！"

汤姆急忙清醒过来，摇摇晃晃地走了出来。巴德在座子下发现一个金属盒子。

"炸弹在那儿！"他叫道，"我们快点离开这里！"

"如果你能找到开关，出来的时候打开观众席的灯光。"汤姆冷静地说。

第十章 夜间景象

巴德皱着眉头说:"那你呢?"

"快去,按我说的做!"汤姆跪在地上,打开了盒子。

巴德遵照命令离开了,很快又回来了。

汤姆的额头上渗出了汗珠。他只用了片刻,便成功拆除了炸弹,如释重负地站了起来。

"呦,我们配合得不错吧?"巴德突然意识到自己的腿在颤抖。

汤姆咯咯地笑,没等他回答,警车上警报器的声音表明警察来了,小伙子们跑向大厅。

两个警官走进来,汤姆报告说炸弹已经被拆除了,并告诉了警官他被引到电话处的过程。

汤姆继续说:"在我走进电话亭时,有人打了我的头。打我的人一定藏在阴暗处,或许是在地上的牌子后面。接下来,我只知道巴德撬开门把我救出去了。"

其中一个警官紧锁眉头说:"经理办公室的电话不能用也很诡异。"

"一定是外面的线被切断了。"汤姆回答道。

警官说:"我们会调查的,你最好小心处理下伤口。"

汤姆用手帕捂住伤口,似乎不再流血了。电影院经理也从他办公室急救箱里找到了一些绷带。

同时,巴德也消除了桑迪和菲利斯的顾虑,她们一直在人群中焦急等待着。

检查电话线的警官证实汤姆的猜测是正确的。其间，他的同事在询问经理和糖果员。

汤姆推测袭击他的那个人跟着他进了剧院，又到了里面。

"巴德我们俩和鲁纳利欧进入后台时，他抓住了机会，猜测我们会回到座位上等到演出结束。所以他在电话亭给剧院打了电话，留了假消息。然后他溜出去切断电话线使我不能报警。"汤姆推测道。

"他在出口打开，观众走出剧院时，又轻松地溜回来安装炸弹。"巴德补充道。

汤姆点头，"之后，他所要做的就是希望自己的阴谋得逞。"

"几乎要得逞了！"菲利斯颤抖地低语道。

"但是他并没有全部成功，多亏了巴德。"汤姆带着肯定的微笑说道，"那个家伙一定顺便带上了炸弹，并伺机安装。"

"没能引爆，你太幸运了。"一个警官说。

汤姆通过他的铅笔无线电联系到了企业集团安保部，报道了这次事件。

他也让拉德诺联系了斯威夫特集团。不久拉德诺得知那个消息是假的，和汤姆所怀疑的一样。

在回家的路上，年轻的人们在斯威夫特家的医生爱默生家停下来。

他包扎了汤姆头上的伤口，说伤得并不严重，但接下来几周

第十章 夜间景象

要静养。

第二天,汤姆给集团医务室打电话询问伊桑·格里姆赛的情况。辛普森医生说那个科学家正在昏迷,发着高烧。

"我们已经为他做了各种测试,但是至今都没有显示出任何明确的病因。坦白地说,我对这个诊断也是束手无策。我们看了他的病史并找来了两个专家。"

"好,我确信你会处理好的。"汤姆说。

周一早上,哈伦·艾姆斯进入汤姆的实验室讨论那个炸弹疑案。

"有什么线索吗?"年轻的发明家问。

"没有,炸弹上甚至没有任何痕迹。炸弹的事应放在恐吓信后处理,可是恐吓信也没有任何线索。"艾姆斯沮丧地皱着眉。

"奇怪的是为什么炸弹在鲁纳利欧警告我危险之后就出现了。"汤姆沉思着。

"还有些事很奇怪,甚至是可疑。"艾姆斯说,"因为那个炸弹是不能引爆的。"

汤姆大吃一惊,问:"你确定?"

"确定。引爆装置里的电线松了。另外,那个家伙为什么会设置如此长时间的计时器?"

"电线松了可能是意外啊。"汤姆推理道,"计时器设置的时间较长可能是为了让他有足够的时间安全地离开剧场。"

"也可能是让计时器的嘀嗒声响着,人们就有更多的时间在

第十章 夜间景象

电话亭里发现你。"艾姆斯说道。

汤姆皱皱眉仔细地考虑着。"咱们直截了当地说吧,哈伦,你认为炸弹会是一个哑弹吗,鲁纳利欧已经安排好整个过程?"

安保耸了耸肩,说:"为什么不呢?它造成了公众的恐慌。这次的新闻事件使鲁纳利欧听起来像一个通灵天才。"

"警察从这个方面调查了吗?"汤姆问。

"当然,他们怀疑鲁纳利欧和他的助手,但是二人否认知道炸弹的事,不得不承认他们听起来像在说实话。"艾姆斯嘲弄地说。

有人敲门。长着黑头发、杏仁眼的费利克斯·王打开实验室的门。他在全厂人眼里都是个快乐的人,现在看起来有些困扰。

"我是否打扰了你们的安全会议?"

"没有,费利克斯,进来吧。"汤姆说。

艾姆斯咧嘴笑了,起身准备离开。"你们俩继续讨论专业技术吧,我要去看我的警犬了。"

"哈伦,等一下,或许你也该听听这个。"费利克斯·王说。

"怎么了?"艾姆斯瞥了他一眼。

"我也不清楚,昨晚发生了一些奇怪的事。我们在集团做了很多机密工作,我认为应该报告一下。"

"费利克斯,到底发生了什么?"汤姆问。

"有人进我公寓了。"

艾姆斯看了他一眼。"丢东西了吗？"

"没有，所以才诡异。有价值的东西都放在了显眼的地方，我的钱包、一些翡翠、一架昂贵的小型相机，但是这些都没被碰过。"

"那些科学数据呢？"汤姆问。

"哦，我随手记下了一些关于建立计算机程序的问题。"费利克斯说，"它们在一个公文包里，但是很明显也没有被动过。"

"那你是怎样知道有人进你屋了呢？"艾姆斯问。

"一方面，门锁被撬开了，锁上有刮痕。而且，门闩上的链子松了，我记得昨晚把它系紧了。"

汤姆和艾姆斯对于这个事情也很困惑，但是没人能解释清楚。艾姆斯答应派一个安保去公寓提取指纹。

汤姆整个早晨都在为他的投影仪制作光图像电路。中午，乔带来一盘午餐。

汤姆狼吞虎咽的时候，这位胖德胖的州人从红色牛仔衬衫的口袋里掏出了一个盖有邮戳的信封。

"头儿，这有一封信，我想让你看看。它来自我的一个牧羊人朋友，叫佩德罗·乌兹库顿。"

"乌兹库顿？那是巴斯克名字吗？"汤姆问。

"是的，正是。"乔解释道，巴斯克人养羊非常出名，

汤姆大致浏览了那封信的开头。他饶有兴趣地蹙着眉继续读：

第十章 夜间景象

朋友,我给你写信的原因是你现在在斯威夫特集团工作,我遇到了一些奇怪的事情。我和我的羊群在山上度过了无数孤独的夜晚。后来,我开始接到信息,头脑里出现了关于汤姆·斯威夫特的幻想,感觉它们像是来自星星。

我确信我并没有发疯,但是我告诉别人的时候,他们以为我疯了。或许和无线电有关吧,如果汤姆·斯威夫特能解释的话,请替我问问他。

你的朋友
佩德罗·乌兹库顿

不知为何,乔看起来很尴尬。"或许那只是一个玩笑吧,但是我感觉应该给你看看。"

汤姆若有所思地摸摸下巴,说:"乔,这个乌兹库顿是个什么样的人啊?他是一个理性的人吗?"

乔使劲地点了点头。"是的,我和牧羊人交往不深,但是皮特是我见过的一个很优秀、高智商的男人。"

"如果是那样的话,那就不可能是一个玩笑。"汤姆皱眉。

"那么,你说他是一个怪脾气的人吗?"

"乔,我可能是一个怪脾气,但是这封信给了我一个狂热的预感。"

汤姆还没来得及解释,实验室的门突然开了,巴德·巴克利大步走进来。年轻的副驾驶看起来十分不安。"汤姆,你听说费利克斯·王的事了吗?"他问。

"他怎么了?"

"他刚刚病倒了,马上被送到了医务室。辛普森医生说他和格里姆赛博士症状一样!"

第十一章　脑电波发讯器

汤姆和乔获悉费利克斯暴病的消息，相当震惊。

"巴德，你看过他吗？"汤姆问。

"嗯，费利克斯晕倒时我就在他身边。救护车赶到时，他呼吸已经相当微弱了。"

汤姆立即给辛普森医生打了电话，问王的最新情况。

医师担忧地说道："与格里姆赛博士的症状一样，发作突然、意识不清、发高烧。除此之外，关于现在没有别的情况了，但是格里姆赛那有些好消息。"

"说来听听吧！我还有能力承受一些。"

"今早早些时候他从昏迷中醒了过来，体温恢复了正常。我可以断言他在好转中。"

"我真高兴听到这个消息。"汤姆说，"我们祝福费利克斯也能这么快康复吧。"

乔为巴德买了午餐。他们正吃的时候，汤姆谈起了乌兹库顿的来信。

"你想告诉我什么狂热的预感，头儿？"乔询问道。

"这次太难以置信了，以至于我在想你们两个可能会认为我有些反常。"汤姆如实地说。

巴德会心一笑，说："听好了，天才，你一直都在渴望奇思妙想的出现。所以这个应该也不足以让我们担心。"

"好吧，是你自找的。"汤姆迅速从实验室椅子上站起来，开始在房间里踱步，"说起来，乌兹库顿是这个星期里第三位告诉我接收到怪异的脑波信息的。第一位是乔伊·穆尔弗，随后是读心者鲁纳利欧，现在则是巴斯克牧羊人。"

"穆尔弗是谁？"乔突然问道。

汤姆开始叙述穆尔弗是怎样进入的集团，又怎样进了他们家里。"乌兹库顿猜测这些信息可能来自其他星球。"他继续说着，"除此之外，穆尔弗自称他的那一份来自外太空的绿色星球。"

巴德皱眉。"真是一个可笑的巧合。"

"不止这些。"汤姆说道。"从射电望远镜接收到的绿色星球那里的信号来看，这些与人类脑电波很类似。迄今为止，没有人能对此做出解释。"

"你能吗？"巴德质疑地问道。

"我之前告诫过你这听起来可能有些荒谬。"这位年轻的发明家回复道，"但是我们可以想象成这些发射到地球上的外来信号是一种外星人在尝试与我们人类交流。"

"哇哦！"巴德的眼睛里闪烁着光芒，"你是说乌兹库顿、穆尔弗和鲁纳利欧是由于接收到的信息与射电望远镜接收的信号相同所致？"

"可以这么理解，至少这是一种可能性。"汤姆说道，"这些信号可能是一种能够激发人类思维和想象力的途径吧，因为它们拥有与人类脑电波相似的结构，就好似在天线中广播信号才会起到的作用。换言之，假设在其他星球上真的存在生物，那么他们很有可能懂得如何通过电磁感应来交流，而我们地球上的科学家们却并不知道这一点。"

"请你们吃茶杯蛋糕，这太厉害了！"乔欢呼道，"像皮特·乌兹库顿那家伙，夜复一夜地独自端坐在山丘上，正是从外太空中接收到他们信号的那种人。"

"那穆尔弗和鲁纳利欧什么情况呢？"巴德一本正经地问道。

汤姆耸了耸肩表示不确定。"鲁纳利欧称自己接受过正统心理学实验室的测试，而且……"

"那是什么地方？"乔打断了他的话。

"一个研究心灵感应和其他思想转移是否会真的发生的实验室。他们称之为ESP。鲁纳利欧说自己得分很高。也许穆尔弗同样有天赋。"

巴德吃过苹果煎饼之后，开始琢磨汤姆的理论。"听起来有些荒谬，但是确实有趣。"他沉思着，"你接下来打算怎么做，汤姆?"

"一方面,我想要同乌兹库顿一起做实验。"汤姆回答说,"开始做时,会再次尝试联系我的太空朋友。"

青年发明家与巴德开着吉普车来到太空交流实验室,汤姆又一次向外太空生物发送信号。这一次,翻译大脑依然毫无消息。

片刻之后,巴德说道:"还是没有消息,是吗?"

汤姆摇了摇头。"是的。我非常想知道为什么不能与他们交流。走吧。"

年轻的飞行员有试飞的安排,所以他将巴德送到机场停机库之后就直接回到了私人实验室,并且给特伦特小姐打了电话,让她给佩德罗·乌兹库顿打长途电话。

这时,特伦特小姐打电话回来。"牧场经营所的人员接通了电话。"她汇报说,"但是他说乌兹库顿先生正在山丘上静坐,他可能有段时间才能回复你的电话。"

"好的。请他转告乌兹库顿先生速回电话给我。"

挂断电话之后,汤姆打给哈伦·艾姆斯,让他去查探乔伊·穆尔弗。

"你知道他住在哪里吗?"艾姆斯询问道。

"不清楚。但是他在上个星期一来过工厂,第二天早上还出现在我们的房前。他说他千里迢迢来到这里,因此晚上要留宿在肖普顿附近。你可以试着查查汽车旅馆。"

格里姆赛博士与费利克斯都病倒了,汤姆意识到他必须承担

第十一章 脑电波发讯器

起探测机器人任务的主要部分。"这意味着我必须得改进电视投影仪,还得抓紧。"汤姆忧虑地想着。

下午三点左右,他拿着一把军用枪和一团电子线在做研究,电话响了。是佩德罗·乌兹库顿打来的。汤姆热情地与他寒暄。

"感谢您克服困难给我打电话。"

"著名的汤姆·斯威夫特想要与我谈话才让我受宠若惊。"乌兹库顿说道,"你可能已经看到了我写给乔的信,是吗?"

"确实如此,我对你收到的那些信息非常感兴趣。你能来集团吗?这样我们可以一起探究更多关于他们的信息。"

乌兹库顿看到这位年轻发明家如此感兴趣,感到十分愉悦。他说牧场里有人替他照看几周时间,所以他可以随时前往肖普顿。

"太棒了!我会派出一架飞机明早到大牧场接你。"汤姆说道。

在驱车回家的途中,汤姆路过了格斯·米勒在肖普顿的餐厅。这家饭店店面华丽,展示着一块大霓虹灯广告牌:绿色星球,第一号。

"过于俗气了。"汤姆笑着想道,"我在想格斯是否收到合伙人的消息!"

汤姆转过角落,将车停在了停车场。晚餐高峰才刚刚开始,餐馆里已经人满为患了。格斯·米勒个子很高很瘦,大喉结,正在忙着收账。他今天没扎平时的围裙,而是穿了一件显得干练精明的绿色夹克工作服。

"你好，格斯。"

店主看见了年轻的发明家，立刻愉快地笑了起来。"你好，汤姆！不要坐在前台，雷米会很快为你收拾出一个空闲的位置。"

"我不能待太久，只是在这里喝碗汤就走。"

"别客气，你在这里享受特殊待遇。"

格斯一有空，就过来和汤姆说话。汤姆问他："你收到弗莱德·弗拉姆那的消息了吗？"

"没有，我也没指望他。那个害群之马！汤姆，关于间谍的事情我感到十分抱歉。"

"别在意，我猜他们也没有获取太多信息。"

格斯脸色忧郁，"实不相瞒，我希望我没听他的话在芬伍德开新餐厅。这整件事情都很让人头疼。弗拉姆在逃避法律制裁，我都不知道接下来会发生什么事情。大部分花销都是由他承担。"

汤姆小口抿着汤，思考着。也许费林岛海岸线对面那家餐厅依然可以给他的敌人提供一些线索吧。"格斯，一定要运营好你的新餐馆。"年轻的发明家说道，"这对你来说是值得的，对我们也一样，或许可以给我们提供线索。"

"好吧，汤姆，既然你这么说了。"突然格斯眼睛一亮，"你的话倒是让我想起来一件事！"

第十一章 脑电波发讯器

格斯从隔间里起身冲到了后厨房。他再次出来时,用洗碗布擦拭着什么东西。

"有一次弗拉姆在前台落了这个东西,艾姆斯先生与一位警官上次来的时候,我把这个事情忘得一干二净。"格斯递给了汤姆一只形似小型自动手枪的打火机,"我把它放在了厨房里,所以有点油,但是我想已经都擦掉了。"

"好吧,看看能不能获取一些指纹。"汤姆心想着。他不停地开关着打火机,然后把它翻过来,这时候他注意到了标记在底部的字母Q——正是斯特考用潦草的字迹写的字母!

"万分感谢,格斯。"汤姆将打火机放在了口袋中,"这个可能大有用处。"

第二天早上,汤姆比其他家里人起得早,自己做了早餐。他正要将餐具放入水槽时,电话铃响了。是亚弗·汉森打来的。

"很抱歉在这个时候打扰你,头儿。"亚弗表达着歉意,"但是,我感觉身体很不舒服,你方便送我去一趟医务室吗?"

他的声音听起来非常虚弱无力,汤姆十分担忧。"不要动,亚弗,你应该卧床休息。我马上就到!"

他打电话给辛普森医生,然后迅速冲向车库,很快开着全新的银色跑车飞驰而去。亚弗·汉森独自住在卡罗帕湖的小别墅里。辛普森医生紧随汤姆身后,乘救护车呼啸而来。

医生为病人检查时,汤姆在外面等候。突然间他的目光被窗子下面软泥上的一串脚印吸引。汤姆好奇地研究了那些脚印，随后他注意到了窗户上有很明显的擦痕。

"好像是用工具强行撬开的。"他震惊地思忖着，"难道有人闯进了房间里？"

汤姆快速冲入房间。尽管亚弗全身发热、虚弱无力，但所幸意识依旧清醒。他与辛普森医生静静聆听着汤姆的诉说。

"除了有擅闯者之外还会有什么其他可能，亚弗？"汤姆询问道。

医生这时候严肃地说："这个我可以解答。"

第十二章 神秘的入侵者

对于辛普森博士始料未及的回答，汤姆感到很吃惊。"你找到线索了吗？"他问道。

"闻一下这里的空气。"博士回答道。

汤姆吸了口气，觉察到轻微的醚类气味。"天呢！像是某种麻醉剂？"

"三氯甲烷。"博士说道，"现在看这里。"

他举起亚弗·汉森的胳膊，把睡衣袖子卷起来，露出一小块刺伤的皮肤。

"是针刺伤的！"汤姆大叫道，"这说明有人给他注射过什么？"

"是的。"博士说那天很早，他就去看望费利克斯·王，"我注意到一些前一天未发现的事情——他胳膊上有一个小针眼。我给他的私人医生打了电话，他说费利克斯两天前来做过检查，但并没有给他打过针。这点令我很迷惑，正当我打算进一步调查的时候，你就打来电话了。我闻到三氯甲烷时，便立刻想到这点,所以我检查了亚弗的胳膊。症状是相同的,这说明他被注射过相同的针剂。"

"换句话说,亚弗睡觉的时候有人进来过,"汤姆说道。"先放三氯甲烷使他昏迷,然后再给他打针。"

"对。这针剂很可能含有某种毒素或者病毒,在常规分析下不会显现。"

汤姆气得直咬牙。"博士,你的推理合情合理。费利克斯昨天早上报告说有人闯入过他家,那格里姆赛博士肯定也遇到了同样的情况。"

亚弗眼皮耷拉着,目光呆滞。医生召唤急救人员一起将他抬上担架。

与此同时,汤姆打电话给哈伦·艾姆斯。警卫队长很快带着两个下属赶到小屋,开始查找线索。

"有没有什么线索?"艾姆斯问汤姆。

如果不是巧合,"格里姆赛博士、费利克斯以及亚弗都是这一阴谋的受害者。"汤姆说道,"那唯一的联系是他们都在帮我制作3D电视投影仪。"

艾姆斯焦虑地看了汤姆一眼。"你知道这意味着什么吗,队长?你很可能就是下一个!"

"如果这个敌人决心要阻止我完善新的电视系统。"汤姆回复道,"那为什么没有给我来点病菌呢?"

"也许他已经试过了。"艾姆斯反驳,"但既然你房间安装

第十二章 神秘的入侵者

了全面警报系统,也许他会送你一个炸弹。"

"那么你不会认为这炸弹仅仅是鲁纳利欧为了宣传而用的噱头吧?"

艾姆斯紧皱眉头。"不,考虑到发生在你三个助手身上的事儿,我觉得不是这样。"

汤姆摇摇头。"比起来,炸弹不够周密。我认为不是同一个敌人所为。他本可以用针的啊。"

"你说的也可能是对的,"艾姆斯说道,"但我还是要增加一倍警力。"

汤姆安排巴德飞往Q城,乔·温克勒提出一同前往。汤姆到集团时,二人乘坐的蓝天女王号已经起飞。巨大的原子能驱动的超音速飞机装配有升降机,这是汤姆的首个重大发明。它是用来进行科学实验的,也被称为飞行实验室。

汤姆知道安装电视航天探测器的重担落在了自己肩上,所以全身心投入工作。他连接好投影电路,通过电视投影仪进行检测,运转良好,但对于3D影像的质量,汤姆并不满意。

"白天看太昏暗了。"他想着,"我最好设置好放大装置。"

过一会儿,机场塔台打来电话。

"机长,蓝天女王刚着陆。"

"太好了!谢谢,阿特。"汤姆通知了辛普森医生,二人讨论过对牧羊人巴斯克展开实验的计划,然后他便开车去见客人了。

佩德罗·乌兹库顿是一个矮小、结实的男人，皮肤黝黑。他衬衫的领口敞开着，头戴一顶黑色贝雷帽。

"很高兴见到你。"巴斯克人说着，有力地握了下汤姆的手。

"乌兹库顿先生，很高兴您不远万里从Q城过来。"汤姆回复。

"叫我佩德罗吧，最好就叫皮特吧。"

"谢谢，叫我汤姆就好。"

"如果你们能研究出如向使脑袋像收音机一样选台的话，我就把你们俩都叫'强人'。"乔插嘴说。

"我们会尽力的。"汤姆笑了笑，把客人带到医务室去见辛普森医生。

同乌兹库顿交谈后，医生说："我们已经为你准备好房间，面向阳台的一侧。我们可以去看一下。"

乌兹库顿说他想去看看，辛普森医生便将他们领到顶楼。那里空间开阔，配有家具，十分舒适。在一个躺椅的旁边有台小机器，安装着刻度盘和把手，放在一个带轮子的架子上。"这是脑电图仪。"医生说道。

那巴斯克的牧羊人抱歉地笑笑。"抱歉，先生，我不明白。"

"人类的大脑会产生小电波。"辛普森医生解释道，"这

台机器会捕捉电波并将其放大,在这上面显示出来。我们来试一下,请坐。"

他把两个导线粘在牧羊人的太阳穴上,然后打开仪器。一条闪动的正弦光波在屏幕上显现出来。

"这便是现在你大脑电流的波形,称作阿尔法节律。"

"太震撼了!"乌兹库顿瞪大了眼睛,低语道。

汤姆解释说:"一旦你头脑中出现某种信息或者图画,皮特,我们便会记录下它的波形。幸运的话,我们也许可以将特定的信息与相应的波形联系起来,也可以通过波形及时地了解到你在想些什么。"

"啊,就像读取密码一样,是吗?"

"对。"汤姆说道,"这些信息有可能来自绿色球体。西弗吉尼亚的国家射电天文望远镜一直在关注此事。一旦我们破译了密码,便可以直接读取球体电波图的含义。"

乌兹库顿因能帮助完成如此伟大的任务而兴奋不已。汤姆带着客人简单地四处看了一下,并介绍了他绿色球体的电视调查计划。午饭后,他们再次来到医务室会见辛普森医生。

"现在我们来测试一下你的脑电波。"医生说道。

躺椅以及脑电波仪被搬到阳台一侧。医生将十六根电线接到乌兹库顿的太阳穴以及头皮上,打开仪器开始用墨盒记录大脑不同区域的电流,这便是"脑电图"。

佩德罗在椅子上静静地坐了半个小时,尽力回想在Q城山的奇怪事情,但大脑却一片空白。

"对不起,先生。"乌兹库顿道歉道。

"不要紧,只有你可以像关水龙头一样,打开或者关闭自己的信号接收。但一旦你开始'接收',我和医生便会记录下你的脑电波。"

"顺便问下。"汤姆问道,"你其他的信息和图片是关于什么的?"

"我不想这么说,汤姆,但是似乎是某个外太空人正与某个地球人交谈,密谋要陷害你。我似乎看到或听到了Q这个字母。"

汤姆和医生辛普森吃惊地对视一下,但没对乌兹库顿说什么。临走前,汤姆询问了下格里姆赛博士和其他同伴的情况。

"格里姆赛博士虽瘦弱,但总算痊愈了。"医生说道,"今天就可以出院。"

"很高兴他渡过难关。"汤姆说道。

"好的,我能去看看他,跟他打个招呼吗?"

"他正睡觉呢。最好不要打扰他。而且,你知道他是一个多么粗心大意的人。"

汤姆笑了。"我觉得他有时故意关闭助听器,所以没人能打断他的思路。"

"显然他的病情没有提高他的记忆力,你得对他耐心点。"

医生又说,费利克斯·王和亚弗·汉森的情况都很糟糕。

第十二章 神秘的入侵者

汤姆开着吉普车回到实验室，脑子里一直回想着几天前令人不安的事件。乌兹库顿的报告似乎证实了鲁纳利欧的危险警告，字母Q再次出现了！汤姆的敌人所进行的项目是否与绿色球体的生命迹象有关呢？

汤姆尽力不去想这些问题，完成了他电视投影仪的投影电路。测试运行良好，播放出的画面清晰，色彩艳丽，非常逼真。汤姆很满意，便叫来戴夫·博加德，一名斯威夫特公司的电力工程师，向他展示了面板的模型。"按照这个制作一个印刷电路，安装到电视投影机上。"汤姆告诉他。

"好的，机长。这就去。"

下午晚些时候，汤姆正要研究安装在机器人上的电视摄像仪时，巴德·巴克利来到了实验室。

"你订的那些用于球体发射火箭发动机的喷射管正在运往费林岛的路上。"巴德说道，"还有什么可以帮你的吗，伙计？"

汤姆在挂在旁边工作台的运动衫口袋里摸索着，拿出了弗莱德·弗拉姆的打火机。

"你从哪里得到的？"巴德问道。

"从格斯·米勒那里，是他同伴的。"

"芬伍德新建的饭店可能有其他用处。敌人可能以为我们火箭机组人员会在那儿吃饭，那些人就可以窃听消息。"汤姆解释了之前自己的猜测。

汤姆给巴德看了下打火机上的字母Q。"也许所有的团伙成员都有这样的打火机作为身份认证。如果你到餐馆让人们看到你有这个，也许会有所发现。"

"嘿！好主意，汤姆！"

巴德驱车来到芬伍德的餐馆，点了餐。在等餐的过程中，他便把玩着打火机。很快餐馆热闹起来，许多机组人员都是来自费林岛基地的。巴德并没有看到可疑之人。

巴德慢慢地吃着。一个年轻的火箭科学家鲍勃·杰弗斯走过来，问："你好，小伙子！可以坐在一起吗？"

"我的荣幸，伙计，坐。"

吃完饭后，巴德坐在那里开始玩弄起放在桌子上的火机来。与鲍勃交谈时，他也上下翻弄着火机。眼睛环顾着屋内。

突然边上一桌的一个陌生人注意到了打火机。巴德注意到那人脸上吃惊的神情。那人强壮结实，留着黑色卷发，皮夹克敞着怀。

巴德看着他，继续把弄着打火机。那人瞪过来，与巴德四目相对。他脸一下红了起来，迅速起身，扔了几个硬币在桌上，大步流星地走出饭馆。

巴德也站起来，付了钱，低声说："听着，鲍勃，没时间解释了。给汤姆·斯威夫特打电话，告诉他尽快赶来，我想我已经盯上了一个人，会尽力拖住他！"

鲍勃·杰弗斯吃惊得目瞪口呆，巴德急匆匆冲了出去。天色已黑，绿色霓虹信号灯和窗口的光照得这里光彩炫目。巴德看到

第十二章 神秘的入侵者

那陌生人靠在停车场的一辆车上休息。

他看到巴德走过来,便拿出一根烟。"有火吗,迈克?"

巴德拿出弗莱德·弗拉姆的火机把它打燃。那人低下头时,嘟哝道:"你拿着火机在这里乱晃什么?"

巴德壮大胆子,说道:"伙计,我知道关于绿色球体的所有事情。"

那人似乎很吃惊。他追问道:"你知道多少?"

巴德简洁地说道:"是个吃饭、听故事的好地方。"

那陌生人听到回答,似乎放松了一些,然后忽然大笑起来。巴德意识到自己说错了。他紧张注视着陌生人的下个动作,但还是不够快。

那人以响尾蛇般的惊人速度,迅速把拳头从夹克口袋抽出。他拳上扣着黄铜指环,一记上勾拳打在巴德下巴上,巴德疼得倒在地上,不省人事。

第十三章　坠入险境

汤姆收到巴德信息的时候，还在实验室里工作。"谢了，鲍勃，我马上赶过去！"他对那位火箭机组成员说道。

汤姆驾着原子能汽车去了芬伍德。一冲到绿色球形餐厅的停车场，汤姆就跳出了汽车，大步流星地走向了华丽明亮的餐厅，他用目光搜索着巴德和杰弗斯描述那个人。

突然汤姆屏住呼吸停了下来。有个人躺在两辆车之间的阴影里！

汤姆的心突突直跳，他迅速走近了那个一动不动的人。巴德弯腰颤动着，发出轻微的呻吟。

汤姆赶紧回到车上，取了手电筒和急救药箱。他蹲下来为朋友检查身体。光照到巴德的下巴，肿得青一块紫一块。

然后汤姆看到了其他东西。巴德的胸部放着一小块方形的硬纸盒，上面是翠绿色的球形，是从印有绿色球形餐厅广告的纸板火柴盒上撕下来的！

汤姆把一只胳膊垫在巴德头下。副驾驶的眼皮微微跳动着。

汤姆用氨水在巴德鼻子下晃了晃,很快巴德就能坐起来了。

"哦!我的下巴还是完整的吗?"

"看上去是的。你怎么搞的?"

巴德讲他的经历时,看上去有点不好意思。那个人笑话巴德对绿色球体餐厅质疑的回应,这让汤姆很是疑惑。

"听上去就好像是他很怕你知道某些东西,然后又确定你其实什么也不知道。你知道为什么吗?"汤姆慢慢说道。

副驾驶摇了摇头。"我只知道我被人打倒了。"

汤姆皱着眉边思考边扶巴德站起,又说道:"看看这个。"

巴德盯着纸板火柴盒看了会儿。"是绿色球体!我猜是那个人离开时搞的恶作剧!"

汤姆表示同意,但是又说:"袭击你的人之所以感到震惊是因为你说你知道关于绿色球体所有的事情。然后他又试探你究竟知道多少。你说那是个吃饭听故事的好地方是吗?"

巴德疑惑地点点头。

汤姆继续说道:"换句话说,你以为他在说那家餐厅,可是很有可能他指的是真正的绿色球体!"

"老天啊!我从没想过是这个!"巴德喘着粗气说道,"你的意思是,你的敌人可能与那绿色太空怪物有关?"

"我要是知道就好了。打火机呢,还在么?"汤姆不安地耸耸肩。

巴德搜遍了口袋,又用汤姆的手电筒照了照地上,发现金属打火机不见了。

"一定是那个男人拿走了。"汤姆说道,"我们最好还是先进去让鲍勃解除警报吧。"

第二天,汤姆把这件事情告诉了艾姆斯,又去拜访了佩德罗·乌兹库顿,但是这个巴斯克人说他夜间没有收到任何信息。

汤姆鼓励他说:"再试试吧,可能要花费点儿时间。"

年轻的发明家骑着小轮摩托车回了实验室,这时他看见有个熟悉的带长胡子的身影正走向特殊项目大楼。汤姆赶忙刹车喊了声:"嗨,格里姆赛博士!欢迎回来!"

那位老科学家转过身来,汤姆吃惊地看着他的面容。他伛偻着,面容憔悴,看上去病痛把他折磨惨了。但是那浓密的头发胡须、牛角眼镜框和从左耳突出来的助听器都证明汤姆没有认错人。

"啊,汤姆,早啊!"格里姆赛博士的声音依然低沉虚弱。

汤姆摆摆手说:"很高兴您这么快就康复了。这么快就回归工作岗位,不需要休息了吗?"

"呃,休息?不用不用,我受不了无所事事地躺在病床上,所以昨晚我才坚持回了家。我相信等我一投入工作马上就会好起来的。"

汤姆还有些疑问,但还是说:"嗯,那太好了。费利克斯和艾姆斯现在还需要休养,所以估计我们得先把探测装置准备好。去看看那些机器人吧。"

第十三章 坠入险境

格里姆赛博士是个喜欢独来独往的科学家,他分到的实验室在楼后,也就是在那儿,他一直在研究等离子推进器装置。这种装置可以让携带摄像头的机器人在球体上自由移动,而这种机器人还在一个巨大的工作室中制造着。

汤姆和这位老科学家检查了先前亚弗和费利克斯研究的那部分,然后汤姆建议看看离子驱动发电机,这个问题在格里姆赛博士病倒之前一直困扰着他。可是博士却犹犹豫豫地搪塞了过去,说以后再看吧。

汤姆咧着嘴笑着道歉:"好的,我不是要催你,放松点,如果您需要帮助的话尽管告诉我。"

汤姆匆匆忙忙赶回自己的实验室,又继续研究电视摄像机装置。晚些时候,汉克·斯特林来拜访了,他看上去很是疑惑。

"机长,你有没有亚弗绘制的那些控制器的模板?"

汤姆皱着眉回答说:"没有啊,你找不到了吗?"

汉克摇了摇头。"我们把这里翻了个底儿朝天,也没找到。我们刚好在生产过程中能用到。可能是亚弗把它们藏在了什么隐秘的地方吧。"

"这样吧,你要是真的需要,我就粗略地给你画出来。"汤姆说道。

"算了,别麻烦了,你自己还忙得不可开交呢。"汉克郁闷地说道,"我们可以用亚弗临时赶造的实验模型的数据和材料,但是这肯定要拖慢进度了。"

"这可真够倒霉的，我很抱歉，汉克。"

汤姆一直工作到六点，然后停了下来准备回家吃饭。他刚要离开，电话响了，汤姆就去接电话。

"还记得让你停止3D电视项目的那封信吗？"一个低沉的声音传来。

汤姆顿时警觉起来。"怎么回事？"他边说边招手以引起桑迪的注意。

那个未知号码似乎读懂了汤姆的心思，说道："别妄想追踪这个号码，我是在离肖普顿很远的一个电话亭里打的，等有人来我早就离开了。"

"好吧，我明白了。"汤姆咬着牙说道。

"那个哑弹就是要告诉你我可不是开玩笑，下一次可就没那么容易逃脱了。"那个人继续说道。

"这话是什么意思？"

"识相的话就赶紧停止你的电视项目。"

"我为什么要放弃这么大一桶金呢？"汤姆拖延着，希望能把打电话的人引出来。

"别担心，只要你肯放弃，你就能得到一笔丰厚的资金，或者，如果你不想卖掉的话，五年内不投放到市场上怎么样？"

汤姆假装在考虑。"这样吧，我们谈谈。"

那人上钩了，他说晚上十点见次面，说了个偏僻的位置，又告诉汤姆到了之后就寻找一道闪光。"但是，不许耍花招，斯威

夫特,不然你会后悔的。"

挂电话的时候,汤姆听到了滴答一声。

年轻的发明家没有把电话放回去,而是陷入了沉思。斯威夫特先生已经飞去了大本营——原子研究工厂。汤姆又不想告诉妈妈和桑迪,她们会担心的。汤姆一直都避免往集团职工的家里打电话,但是他觉得他应该把这个提议的会面告知哈伦·艾姆斯,于是立刻拨通了艾姆斯的号码。

安全主管对这个计划很是警觉:"这可是个陷阱,汤姆,这太危险了。"

"哈伦,可能是吧,但如果不去的话可能也会有危险。如果那家伙觉得我在躲避他,他可能会弄另一颗炸弹出来,可能会伤及他人。"汤姆说道,"另外,我们还可以通过这个机会知道他是谁,这可能是我们唯一的机会了。"

"这个家伙跟那个打电话说要买你3D电视的那个人听上去是一个人吗?"

"我看不是。但是我有预感他肯定跟我们的电视生产商对手有关,而且不是斯特考的手下。"汤姆皱了皱眉。

"我跟你一起去。"艾姆斯提议。

"哈伦,这是自找麻烦。如果他发现了你,他可能就不会出现了,说不定还会有枪战。"

"那至少你到那儿的时候给我发个精确的定位。"艾姆斯恳求道。

"他很可能在监视我们,来确认我们是否串通好了。为了确保万无一失,我有个主意,你用雷达追踪我。"汤姆说。

艾姆斯同意了。汤姆回到了工厂驾驶着原子小汽车,花了半个小时达到了约好的地点——一个黑暗的岩石山谷,地上布满木材。汤姆低空飞着,突然有一道光刺向了上空,接着又有两次。

汤姆小心翼翼地把他小汽车停放在一个看似已经干涸的河床上,然后走了出来,四处查看。

突然有一道黄色的光照到他脸上,汤姆在光线下一动不动地站着。过了会儿,光线移开了,停在了汽车透明的车顶上。

从岩石和灌木丛后传来一个声音:"举起手来,斯威夫特,走过来。"

汤姆照做。灌木丛后站起来个身影,但是光太耀眼了,汤姆看不清那人的脸。

"转过身去。"

汤姆顺从地照做,那个人给汤姆搜了身。

"现在走回去,打开你汽车的行李箱,我要确保你没有带人来。"

那个人终于满意了,命令汤姆上了一辆停在附近脏泥地里的车。他命令汤姆开车,然后自己爬了进去。

"我拿着的是一把有毒的镖枪,所以别给我耍花样。"那人又说。

汤姆启动了汽车,沿着捕捉他的人所指的方向驾驶。四十五

第十三章 堕入险境

分钟后，开到了一所隐藏在树林里的小木屋。那人把汤姆带进去，打开了荧光灯。这是一个实验室，放满了电力装备，但是汤姆还是对俘虏自己的人更感兴趣。

这人矮胖，有着犀利深邃的目光。"我叫霍斯特，"他说道，紧张地笑着，"既然我们现在都面对面了，那就可以谈谈我们的生意了。"

他说如果汤姆同意不让他的3D电视投入市场的话，他就给汤姆一大笔钱。年轻的发明家尽量拖延着时间，试图发现霍斯特究竟代表的是哪家公司。汤姆的策略似乎激怒了这个红头发的人。

"哼，斯威夫特，我可是给过你机会了！"他咆哮着，拿枪对准了汤姆，"现在你可是自食其果。"

第十四章　隐蔽的钥匙

汤姆愣住了，以为霍斯特会开火。然而那个红头发的男人退出实验室，砰的一声关上门，把门反锁上了。

汤姆面色苍白、呼吸急促地冲向了实验室的门，但门太结实了。看起来像是防盗门，没能轻易地撞开。汽车发动机的声音传来，汤姆知道霍斯特已经开车离开了。

汤姆静静地站着，擦了擦额头的汗。他是一个俘虏，并且就在他停车不远处的一个地点。即便艾姆斯通过雷达追踪到他，警察大概也要用上几个小时，梳理这片区域，才能最终把目标锁定在这个半圆形的拱屋里。

"一定有逃出这里的方法。"汤姆思索着，环顾了一下四周。这个实验室没有窗户，靠着墙排列着工作台和放设备的架子。突然，汤姆咧嘴笑了笑。他的便携式无线电覆盖的范围有限，无法与集团联系上，但谁又能妨碍他制造一台功率更强的双向无线电呢？

"有这么多电子设备应该不成问题！"汤姆沉思着。所以他开始搜寻各种零件。刚一开始，突然小屋里响起声音：

"我是霍斯特，呼叫汤姆·斯威夫特！"

汤姆很快找到了发出声音的源头——摆在混乱的架子上的一个小无线电接收器。

霍斯特的声音听起来有点急躁，甚至有点歇斯底里："我感觉压力很大，我害怕我这些年的努力因为你的3D电视而付之东流，所以我想让你远离市场。但我知道那是不可能的，我肯定是疯了，竟然有今天晚上的计划，利用炸弹爆炸后的恐惧来使自己受益。"

霍斯特计划了什么呢？汤姆好奇地想着。

霍斯特仿佛在回答，他说："往放无线电设备的架子下面看，快点！下面绑着一颗炸弹。几分钟之后就会爆炸。"

汤姆飞奔到设备架，确实有炸弹！他用颤抖的双手成功地拆除了那颗炸弹。

霍斯特继续颤抖着说："我可能逃不掉谋杀罪了，但我会告诉你怎么逃出去。我仅仅需要躲避警察的时间。"

"为了安全起见。"他说，"那个排列应该是，向右10，向左21，再向右2。相信我，它不是个恶作剧，在里面有一些文件，在文件的下面你会找到打开这个实验室的钥匙。我现在挂机了，但是你得给我逃跑的时间。"

无线电扬声器突然没有声音了。

汤姆犹豫了一下。霍斯特的怪异举动让他看起来很奇怪，关

第十四章 隐蔽的钥匙

于保险箱的说法难道是另一个致命的恶作剧吗?汤姆有点怀疑,霍斯特错过了可以利用飞镖枪和炸弹杀他的两次好机会。但是他为什么要费力气用保险箱害他呢?

汤姆小心地行动着。他从设备架上拿了一根绝缘线,把一头拴到了一根水管上,另一头和保险箱的刻度盘连接起来,结果没有出现火花。

"它不导电。"汤姆心里暗暗地想。然后他转了转那根连接线,又把它和保险箱的柜门连接起来。他往后退了几步,稍一用力就把门拽开了。

"目前为止都很顺利。"汤姆喃喃自语道。他向保险箱窥视了一番,发现里面有一些文件和设计图,便拿了出来。滴答!汤姆听了一下,却再听不到声音了。

"噢,很好,那肯定是钥匙的声音!"

汤姆把钥匙拔了出来,大步穿过实验室,走到门边把钥匙插了进去,果然是门钥匙,门马上开了。

"哇,终于可以松口气了!"汤姆自言自语地走出实验室去呼吸下夜里的新鲜空气。

突然间汤姆惊奇地发现,他和霍斯特共同使用过的车依然停在那里。很明显,那个红头发的逃犯在附近还私藏了另一辆车。

"这辆车肯定是偷来的。"汤姆肯定地说,"霍斯特很可能用过这辆车,他即使发生过闪失,我也不可能追踪到他的车牌号。这能让我省点力气,我不用走路回去了。"

汤姆相信抓捕他的人肯定没有时间来给这辆车动手脚，但还是快速检查了一下。钥匙插在点火的位置上。车没问题，他很满意，于是跳上车快速回到了原子能车停放点。

他到达原子能车的时候，手表显示的时间是接近十二点。时间刚好，汤姆心里窃喜。他知道如果找不到他，午夜艾姆斯就会发起搜寻行动。年轻的发明家通过原子能车的无线电与艾姆斯取得了联系并告诉了他发生的事情。

"看起来这个人很难对付！"安全主任愤怒地说，"你确定这个案子只有我们能看到的这些表象吗？"主管说。

"我对这件事也有点好奇。"汤姆带着些许不安坦白地说，"整件事情都好像是计划好了的。"

"你的意思是太顺利了吗？"又一个人加入到了他们的谈话中。

"霍斯特！"汤姆喘着粗气喊出了声。

"非常正确，我亲爱的斯威夫特先生。你可以认为发生的一切都是经过周密策划的！"这时一阵咯咯的笑声从广播里传了出来。

"你到底想干吗，先生？"艾姆斯有点发火了。

"斯威夫特从保险箱里拿走这些文件的时候，听到一声滴答声，是吗？"霍斯特问道。

"那又怎样？"汤姆回答说。

"那是隐蔽照相机的快门声，在你窃取我的3D系统时可以迅

速把你拍下来。"

"你的3D系统?"汤姆带着沮丧的情绪脱口而出。

"正是。"霍斯特沾沾自喜地回答道,"我现在就要返回实验室,因为你的指纹已经留在了保险箱上,我可以立刻报警控告你盗窃我的保险箱,还偷了我的车,车上也有你的指纹。你栽到了我的手里,把你弄哪去就是我说了算了!"

汤姆摸着下巴说:"你到底想怎样?"

"做一个交易。"霍斯特说,"把你的3D系统卖给我,或者签一个你的3D系统五年之内不准进入市场的协议。条件会非常优厚。如果你拒绝,我将宣布你偷了我的计划书,让你的丑闻登上各大报纸的头条。"

"那你现在是让我答应还是不答应呢?"汤姆压制着愤怒。

霍斯特咯咯地笑了起来。"我知道答案,斯威夫特,你必须答应。你很快就会收到我们具体的合同细节。"

汤姆表情沉重地回到工厂与艾姆斯进行午夜会谈。

"肯定不能让他全身而退!"汤姆愤怒地来回踱步,"这简直就是勒索!"

"警察不会相信的。"艾姆斯补充道,"但是一旦他把这件事散布出去,你就完蛋了,汤姆。他的保险箱上留有你的指纹,还有你伸手拿文件的图片。大多数人肯定会相信他的故事,集团的信誉一定会被毁的。"

"但是我们该怎么办呢,哈伦?"

"霍斯特肯定与我们的竞争对手制造商有联系。"艾姆斯推测说，"可能与打来匿名电话的那个人是一伙的。"

"有线索了吗？"汤姆问。

"只有一个。我雇佣的私家侦探说有种显像管。有合伙人说将会出现立体电视，他们的装置将会使屏幕产生立体的效果，但观看者必须带上一种特殊的眼镜。"

"那个公司的老板是谁？"汤姆问。

"一个叫艾伦·福斯博格的人。"

"我们今天上午的第一件事就是要找他们谈谈。"年轻的发明家坚定地说。

上午八点，汤姆和艾姆斯乘坐直升机来到了最大的显像管工厂。福斯伯格是一个身材高大的光头男人，他在办公室接待了他们。汤姆直奔主题，用冰冷并且有点生气的口吻说，他在电话里被告知必须卖掉他的3D系统，霍斯特还采取了恐吓勒索的方式来促使交易达成。

听了汤姆的话，福斯伯格面红耳赤，直冒汗。"我承认那个电话是我打的。"他坦诚道，"但是我有不得已的理由。"

"说出来！"艾姆斯厉声地说。

"霍斯特是一个自由职业的电气工程师。他发明了一种立体电视装置，显像管已经投入生产。"福斯伯格解释道，"然后我们听说汤姆·斯威夫特正在研究一种3D系统。我们的装置甚至在它上市之前就会被淘汰。我是走投无路，才打了那个匿名电话，

希望能达成些交易,节省我们之前给立体视觉效果电视配置装备所投入的资金。"

汤姆谴责道:"失败的话,你就让霍斯特把麻烦推到我身上。"

"不!绝对不会的!"福斯伯格坚持说,"特乐电子是一个声誉良好的公司。一旦我发现你不销售了,我们就取消3D视觉效果电视的生产计划。相信我,我对霍斯特的阴谋一无所知。"

汤姆和艾姆斯皱眉对视了一下。

"可能是吧。"安全主管同意说道,"霍斯特或许希望通过从特乐电子获得佣金而发财。生产被取消时,他可能已经开始实施阴谋了,打算迫使你退出市场。"

电话铃声响起。福斯伯格接起电话。突然他睁大了眼睛。他用手掩着电话筒抬头看着汤姆和艾姆斯。

"是霍斯特!"福斯伯格轻声说,"他想见我,说是有件大事。"

汤姆的脑子转得很快,问:"你愿意帮助我们揭穿霍斯特吗?"福斯伯格使劲儿点头。汤姆继续说:"那么告诉他吃了中饭之后来这儿。"

下午一点半,工程师被带到福斯伯格办公室。公司董事长微笑着请他就座。

"听说你有个好消息?"福斯伯格问道。

"是个非常好的消息。"霍斯特得意地说,"我已经说服斯威夫特做了交易。你可以向他购买电视版权或是和他协商,在我们自己的三维视觉效果电视覆盖市场之前他可以要回版权。任何一种方式都能给我们生产电视铺平道路！"

福斯伯格轻声笑了起来。"真是太好了，霍斯特！你真是一个聪明的经营者。那你是用什么样的方式说服了别人？"

霍斯特眨了眨圆圆的眼睛。"这事就咱俩知道，我让年轻的斯威夫特先生无路可退！他现在只能和咱们交易了。"

霍斯特确信了这位公司总裁认可他的诡计，开始吹嘘他如何引斯威夫特上钩让他掏钱。

"这儿有张他的照片，正好拍到他偷走了我的计划书！"开心的霍斯特打开随身皮箱，掏出一张放大而引人注目的照片。

"感谢你所有的自白！"传来的这个声音给他泼了冷水。汤姆·斯威夫特和一个瘦长而目光严峻的人走进办公室的时候，这个工程师大叫一声。

第十五章　黑暗中的火光

汤姆冷冷地向霍斯特说:"我来介绍一下企业集团的安保主管,你一定在无线电中听到过他的声音。"

霍斯特脸色苍白,他用试探的目光扫了福斯伯格一眼,"有什么大问题呢?如果这只是某种骗局……"

"别把我算进去。"福斯伯格反驳道,"我并不是你那敲诈计划中的一分子,你的这些狂言正好为你自己定了罪。"

霍斯特焦躁地舔了舔嘴唇。"别傻了。"他争论道,"这并不能改变什么,我们仍能通过我的立体影像电视大赚一笔。我所拥有的关于斯威夫特的东西足以让他闭嘴。他们永远都无法证明是我陷害了他。"

"这只是你的想法。"艾姆斯吼道,"把录像带倒回播给他看,汤姆。"

年轻的发明家拉来一根绳子,在一边串上一些打褶的布料。在他们身后放置着他的3D摄影机和自动放映器。汤姆轻击了开关让录像带倒退,又调整了机器上的几个按钮,放上一个小扩音器，便开始了播放。

如同施了魔法般，竟然有另外两个人出现在了房间里！霍斯特看得眼珠子都快掉下来了。那两个人的其中之一是他的翻版，另一个则是在他桌前的福斯伯格的影像。霍斯特去拿椅子的时候，电视现场便开始了。

"你有好消息？"福斯伯格的影像问道。

"非常好的消息。"如幽灵般的霍斯特的翻版答道，"我已经说服斯威夫特做了决定。"

随着场景的放映，敲诈者的脸上开始出汗。很快，录像带就播到了霍斯特放出狂言的一幕，"在我给了斯威夫特足够的时间去拆除炸弹后，我告诉他注意安全，并给了他密码。"影像爆发出了一阵轻笑，"这个可怜的傻瓜根本不知道我操纵了一个隐藏摄像机来……"

"够了！"霍斯特脱口而出，"你不用再继续了，我知道你已经抓住了我的把柄！"

汤姆关了放映机，艾姆斯幽幽说道："给你说个事儿，霍斯特，我们打算把这盘录影带交给警察。"

"别！求你了！"这个工程师乞求道，"没必要这样做！我会被毁了的！"

"不只是会毁了你。"艾姆斯说，"你接下来的几年都会因为敲诈而在监狱里度过。"

霍斯特看起来似乎快要崩溃了。"难道就没有商量的余地

第十五章 黑暗中的火光

吗？"他哀号，"我可以去做任何事！"

艾姆斯开始问他关于弗拉姆和斯特考以及疾病阴谋的事。霍斯特坚称对于这些一无所知，听起来似乎没说谎。

艾姆斯和汤姆讨论后，告诉霍斯特，如果他能签下一份完整的供认状并且上交底片和那些用来敲诈的照片，他们就不会上诉。霍斯特迫不及待地同意了，并上交了底片以及拉链盒子中的几张照片，然后他们叫来了一名速记员记下了他的供词。

在霍斯特溜出办公室后，福斯伯格转向汤姆说："我对发生的事感到抱歉，希望你不会因此而与我作对。"

"没有你的帮助。"汤姆说，"面对霍斯特，我们永远都无法扭转局面。"

"谢谢。"这个企业的老板与年轻的发明家握了手，"还有，关于你的3D电视，我要对你表示祝贺。那是我见过的最棒的电子产品之一。等你打算投放到市场上时，希望你能考虑一下批准特乐电子公司来生产这种电视机。"

"对于所有制造商来说，都有可能得到这个许可证。"汤姆对他说，"事实上，企业集团很快就会发布一个新闻来宣传我的发明。"

几分钟后，汤姆和艾姆斯飞回到了集团。鲍勃已经听说了有关勒索的阴谋，他们一着陆，他便迫不及待地跑去和他们会面。当听到他们是如何将霍斯特逼入绝境时，他欢快地喊了起来。

"兄弟，我真希望我能在那看看他当时的脸色！"

"我一点也不想再看一次。"汤姆宣称道。

年轻的发明家急于去检查费利克斯·王和亚弗·汉森的情况,所以鲍勃载他们去了医务室。一位护士告诉这两个小伙子,辛普森医生和佩德罗·乌兹库顿正在做实验。汤姆和鲍勃搭乘电梯到了顶楼,发现医生正在把脑电图电极从乌兹库顿的头皮上拿下来。他们看起来很失望。

"有进展吗?"汤姆询问。

辛普森医生摇了摇头。"目前还没有。皮特认为他已经快要感悟到一些事了,但还没有什么结果。"

乌兹库顿闷闷不乐地从椅子上起来。"你知道的,朋友,我担心这个场地可能是问题的一部分。我过去照料羊群时,常一个人站在高高的地方,天空看起来那么近。但在这里,我或许永远都不能接收到讯息。"

汤姆思索再三,向皮特问道:"你觉得让你自己在山丘上的小木屋里休息会儿怎么样?"

巴斯克牧师的脸上突然有了神采,说:"我觉得这是个好想法!可行吗?"

"当然!"汤姆转头看着巴德,"还记得我们在等待来自X行星的智慧能量时所呆的那个山脚下的窝棚吗?"

巴德笑了起来,说:"我怎么会忘了老Exman(外星人的名字)!"

"好了,要快点行动了。去找一群工人在山丘顶上建造一个房车。把这个脑电仪安装在里面,再从旧的窝棚里拉一根电话分机的线。"

巴德敬了个礼。"收到,头儿!今晚之前我们会把一切都准备好的!"

巴德走后,汤姆问起了费利克斯和亚弗的情况。

医生面色沉重地回答道:"没有好转,上次我检查时,他们发烧的情况更严重了,两个人仍在昏迷中。"

汤姆焦虑地回到了实验室,重新为他的侦查机器人安装相机。大约五点时,艾姆斯来到了实验室。汤姆正忙于建造电子透镜,可他抬头一看,艾姆斯的表情告诉他,有些事情不对劲了。

"有问题?"汤姆直截了当地问。

"不少设计图都不见了,很多还没有找到。其中大部分都是你重要发明的计划。"汤姆刚想插话提问,但艾姆斯仍继续说了下去,"是的,毫无疑问,是内部人干的,机长。集团里有人为你的对手工作。"

汤姆被这个消息震惊了。"有线索吗?"

"目前还没有,不过别担心。把这事儿交给我吧,你要想的事情已经够多了。"

"好了,还有其他事儿吗?"汤姆的下颌紧绷。

"我们得到了一条关于穆尔弗的线索,但没什么太大的帮助。他住在卡特顿。"

"他已经回到那里了吗?"

"不,他妹妹说她从没有从肖普顿返回。但她周六的时候收到了一封来自穆尔弗的神秘信件,上面有X城的邮戳,没有来信地址。"艾姆斯摇了摇头。

"上面说了什么?"汤姆好奇地问。

"他找到了份很好的工作,她可能有段时间不会收到他的来信。没说细节。"

汤姆皱起了眉头,"我有点觉得此事不妙,哈伦。"

"我也是。"

晚餐的时候,汤姆在乔的劝说下喝了一碗汤。年轻的发明家已经工作了好几个小时,试图把因霍斯特浪费的时间弥补回来。他回家时,斯威夫特夫人已为他准备了美味的点心。她和桑迪与汤姆一起坐在客厅里,听着晚间电视新闻。

他们听到主播在新闻结尾说的话时都吃了一惊,"据最新报道,著名的年轻发明家,小汤姆·斯威夫特,已经发明出了新的3D电视系统。虽然没有可靠的细节,但基于对汤姆·斯威夫特的了解,我们预测在电视界将会有一个革命性的惊喜!"

"我还以为这仍是一个深藏不露、难以发现的秘密呢,汤姆!"桑迪惊叫道。

"我也是这样以为的。"她哥哥哀叹道。他怀疑这个新闻是否是从霍斯特、福斯伯格,或是企业集团中的某个人那里泄漏的。

电话响了,汤姆接了电话。

第十五章 黑暗中的火光

"我是皮特·乌兹库顿,汤姆。"一个激动的声音说道,"搬到山丘顶上真的有用!我已经感悟到了一些事!"

"给医生打电话!我们马上到你那去!"汤姆喊道。他套上夹克,冲了出来。汤姆特意把原子能车从工厂开回了家,以备牧师会有来电。他钻进车里,关闭了透明顶棚,开始升空。几分钟后,汤姆在山丘顶上的拖车附近着了陆。辛普森医生从另一辆原子能车上下来。乌兹库顿拉来一把舒服的椅子放在门外,又在门口放了一台轻便式的脑电图机器。医生连好了电极,皮特躺回椅子上,抬头仰望着星空。

"球体,绿色球体。"他紧张地低声喃喃着,"对付汤姆·斯威夫特的计谋正成功进行,今晚会有更多麻烦。"

突然,辛普森医生倒吸了一口冷气,抓住了汤姆的胳膊。"快看,队长!"他指向斯威夫特集团,能望到的山丘下的远处。橘红的火焰和翻滚的浓烟从实验所里蔓延四起。

第十六章　来自灰熊的提示

汤姆绝望地看着基地的火势。"快走，医生！"他哭喊着，"那可能会需要我们！"

汤姆等不及医生拿脑电图电极过来，自己爬上原子能车，向集团的方向飞速行驶。

快到工厂时，他越来越震惊，从特殊项目大楼里突然蹿出来一团火焰。他将飞车着陆在一个断裂的地方的时候，火焰蹿出来的热浪反复冲击着他的车。

汤姆跳下车，保护眼睛躲开火光。"天哪！"他想，"我所有特殊项目的发明将付之一炬！"

这个基地的警报已经警告了在实验室里的所有人。人们正在奋力灭火，火焰映衬着他们苍白的脸庞。一辆洒水车已经向大火中喷洒了托马塞特泡沫，另外两辆火速赶来解救现场。

"天啊，这肯定是蓄意纵火，机长！"

汤姆转过身来看见矮矮胖胖的身影菲利斯·拉德纳。"火灾怎么会失控，拉德？"他非常焦急地问道。

第十六章　来自灰熊的提示

"我猜是故意纵火。"这个安保人员不得不大声喊,才能让别人听见,"大火是突然从大楼里燃烧出来的。我们得到警报的时候火势已经蔓延至半空中了。"

汤姆负责指挥消防队员,不一会儿火势就得到控制。幸运的是,特殊项目大楼晚上的时候已经锁上了,里面没有人,但是大楼被烧成了冒着烟的黑色空壳。

火势被特殊的化学物质迅速冷却下来。汤姆、艾姆斯、拉德诺和辛普森医生进入被毁的大楼中。大楼的中心办公地点一片狼藉。汤姆检查被烧焦的奇形怪状的探测机器人残骸时,感到一阵恶心。这股热浪摧毁了天花板上的几个金属横梁。

"绝对是蓄意纵火。"艾姆斯说,"其他的原因不会引起如此毁灭性的结果。"

一个火势观察员已经到达现场,拉德诺报告说来自国民警卫队的调查蓄意纵火的一位专家正在来的路上。汤姆和艾姆斯留下他们探索废墟,开车一起去了安保室。他在那里给佩德罗·乌兹库顿打电话。

"听着,皮特。"他说,"除了我以外,那晚还有谁知道这个信息?或是说你之后还得到了更多的细节了吗?"

"这听上去你会觉得很疯狂,朋友,但是我确实对一个满是头发或是胡子拉碴的人或是东西印象深刻。"乌兹库顿很抱歉地笑了笑,"这让我联想到了可能是一只大灰熊!"

汤姆把这些告诉艾姆斯的时候,安保主管耸耸肩说:"没有多大的帮助，是不？"

"我还不确定，哈伦。"汤姆深思地蹭着下巴，"开车出去看看吧。"

几分钟过后，他们的原子能车急速消失在黑暗之中，向山顶的房子开去，在那里能眺望到卡罗帕湖。尽管现在已经是午夜了，依然有几户人家点着灯。

汤姆按了门铃。最终一个穿着衬衫的长胡子男人开了门。

"哦，晚上好。"格里姆赛博士惊讶地看着他们，邀请他们进来。

"非常抱歉这么晚来打扰你。"汤姆抱歉地说，"基地发生了一些事情。"

上了年纪的科学家似乎没听明白。他那乱蓬蓬的白发使他看上去显得更加迷惑。"我，呃……"突然他不说话了。他那长着大黑痣的左手向耳朵推去。"原谅我！在你们按门铃时我刚要上床睡觉，一着急就忘记戴助听器了。"

他刚转身要走，汤姆拦住他让他坐到椅子里。"请坐，可能这个消息会吓到你。"汤姆的口形很夸张，这样格里姆赛就可以读他的唇语，"我去给你拿助听器。"

这位老人似乎没听懂，汤姆转向艾姆斯："把我的话写下来，哈伦。"

艾姆斯写的时候，汤姆快速上楼到了格里姆赛的卧室。很快他就带着助听器回来了。大胡子的科学家非常感激地戴上了助听

器,然后对汤姆和艾姆斯开心笑着。

"啊,这样好多了。谢谢你。"

"你现在能听见了吗?"汤姆问道。

"能,非常清楚。"

汤姆非常犀利地看着他。"这很奇怪。你的助听器没有电池,因为我已经把里面的电池拿了出去。"这个年轻的发明家拿出了一个小的干电池。

格里姆赛语无伦次地说着,并且准备要逃跑。

"抓住他,哈伦!"汤姆大喊。

大胡子男人壮如猛虎,连打带踢,但是最终汤姆用擒拿术制伏了他,艾姆斯给他戴上了手铐。

汤姆迅速摘掉这个骗子浓密的假发和假胡子,也揭开了他手上伪装得很好的黑痣。艾姆斯吃惊地张大了嘴。

"你是如何发现他是假的,机长?"

"'大灰熊'这个词和他的名字'格里姆赛'发音特别相像。"汤姆解释道,"他毛发很密,也符合皮特的描述。事实上,他第一天回来的时候我就感觉很奇怪。"

"是他放的火了?"

汤姆点点头。"可能是在他离开工厂之前引燃了藏在楼里的炸弹。他用的可能是定时器,也可能是远程引爆。毫无疑问,也是他偷走了计划书。"

"但这个骗子是如何取代真正的格里姆赛博士的呢?"艾姆

斯问道。

"行骗应该是那天晚上他从医务室回来之后正式上演的。"汤姆说,"但还是让X先生解释一下吧。"

艾姆斯严肃地看着这个骗子,说:"行了,先生。说吧!格里姆赛到底在哪里?"

骗子没有说话,只是耸了耸肩。艾姆斯最终报了警,坏蛋被送进了监狱。然后汤姆和艾姆斯寻找丢失的蓝图,在骗子的公文包里面找到了。

第二天,汤姆很晚才吃早饭,吃过后听了新闻,他的新发明3D电视系统再一次被提到。他开车去上班,对于消息泄露他非常恼火。

他到集团几分钟后,斯威夫特先生乘坐的来自大本营的飞机落地了。汤姆在宽敞的双人办公室和斯威夫特先生会面,详细叙述了发生的事情。

"儿子,这对于你来说压力不小。"斯威夫特先生说,"需要帮忙吗?"

"爸爸,那太好了!"汤姆喊道,"我们上一次合作项目是几个月前的事了。您的原子能研究怎么样了?"

"再给我一上午把事情安排好,之后就可以全力帮助你了。"

稍后艾姆斯走进了汤姆的实验室。"总机接到很多电话,都是找你问有关3D电视系统的事情。"他对汤姆说,"记者、制造

第十六章 来自灰熊的提示

商,还有电视界的大亨都想知道一些内幕。"

"现在怎么处理呢?"汤姆问道。

"别担心。你爸爸在处理这些电话,你不用担心被打扰。我们碰巧已经查出是谁泄的密了。"

"是谁?"汤姆问道。

"特乐电子的福斯伯格。他向一个记者告密了。我给他打电话的时候,他说他认为没关系,因为我们很快就会举行新闻发布会。"

汤姆苦笑。"当时提了是我的错。"

尽管工作压力越来越大,汤姆却很难安心工作。他感到沮丧,也非常担心格里姆赛博士,还有费利克斯和亚弗的病。他去特殊项目大楼,希望能找到被毁坏的机器人的一些残骸。

汤姆的爸爸发现他在烧毁的楼里四处拨弄着。"难怪你办公室没有人接电话。"这个老科学家笑了笑说,"我刚才接到了一通电话,是从电视理事会和广告部打来的。"

"说什么,爸爸?"

"他们今天有一个午宴,但是他们的演讲者被叫到了别处,所以他们想请你讲讲你新发明的3D电视。"

汤姆提出了异议,但是爸爸强烈建议他接受邀请:"这对你有好处,儿子,能让你分分心。而且这也是宣传你新发明的绝佳机会。"

"呃……好吧,也许你是对的,爸爸。"

汤姆和巴德乘坐喷气式直升机一起去了X城，巴德帮助汤姆调试电视投影仪设备。

午宴过后，汤姆开始演讲，他先解释了新发明——3D电视系统。然后巴德拿着照相机对观众进行全景拍摄，汤姆把3D影像投射到了讲台上。

屋里响起了雷鸣般的掌声。

"这绝对能够撼动整个电视业！"一个网络公司的副总裁喊道。

一位持有怀疑态度的广告公司主管站了起来。"你的展示非常精彩。"他告诉汤姆，"但是现实点，在知名度打响之前必然要花费很长的一段时间。想想彩色电视是花了多长时间才被广泛接受的吧。"

汤姆笑着接受挑战。"这是需要花费点时间。"他赞同道，"但是为什么要让这个来终止你前进的脚步呢，先生？如果你充分利用你的想象力，我的3D电视系统可以一夜之间改变娱乐界和广告界。"

"你是在暗示实验室里的科学家们要比我们懂得多？"这位高管挖苦地说。

"你想怎么说就怎么说，先生。"汤姆礼貌的微笑回应，"我想在接下来的几天里，我可以用非常精彩的例子来充分解释我所说的一切。"

尽管观众们还有很多的问题要问，他都拒绝再透露消息。

第十六章 来自灰熊的提示

"汤姆·斯威夫特就是玩噱头,这个我认可。"巴德偶然间听到那个高管所说的话,"他已经吊起大家的好奇心了。"

在飞回肖普顿的路上,汤姆甚至拒绝告诉巴德·巴克利自己的想法。"原谅我,朋友。"他笑着说,"我希望做出一个令你也意想不到的效果!"

他们在集团着陆的时候,艾姆斯开车前来接他们。"上车!"他对着这两个小伙子说,"那个假扮格里姆赛的骗子愿意交代了!"

"是谁改变了他的想法?"汤姆在回去的路上问道。

"韦斯·诺里斯说服了他,说如果真正的格里姆赛没有找到,那么他可能以绑架罪甚至是谋杀罪被控告。"

诺里斯是调查局的探员,也是斯威夫特先生的一位旧相识。艾姆斯和男孩们到达总部时,他和警察局的斯莱特局长碰了面,然后罪犯被带到了斯莱特的办公室。

"汤姆·斯威夫特现在在这儿,开始交代吧!"这个探员咆哮道。

这个神秘的光头男子看上去非常憔悴,他要纸和铅笔。他在纸上写了什么,然后把纸举了起来。纸上只有一个字母——Q!

第十七章　围捕行动

骗子把纸拿出来以后,汤姆的眼睛闪闪发光。"这个Q是什么意思?"他非常紧张地问道。

"这是一个科学间谍团伙使用的标志。"囚犯回答,"可能几乎是最危险的间谍机构了。他们叫这个组织为Q集团,以一个非常特殊的打火机来确定身份。"

"你的名字。"韦斯·诺里斯插了句话。

"凯斯勒。里米·凯斯勒。"光头男子告诉他,"我是工程师和物理学家。"

"你也是组织里的一员?"

"曾经是。我交代的话,需要得到保护来躲避他们的报复。"

"会有人保护你的。"调查局的探员笃定地对他说。

"Q组织现在正打算混入空间交流研讨会中。"凯斯勒说,"帮助他们获取有关火箭和导弹的一些资料。"

"Q组织为哪个国家效力?"斯莱特局长问道。

第十七章 围捕行动

"他们没有固定的效忠国家。谁给的价格高,他们就听命于谁。"

"这个绿色球体餐厅的建立也是他们间谍活动一部分?"汤姆问道。

凯斯勒点了点头,"弗拉姆是这个组织里权位比较高的一个人,利用旋转招牌来传送数据这个主意就是他想出来的。这个餐厅也很利于监视你们火箭上的成员。"

绿色球体在空中出现以后,囚犯继续说道,弗拉姆决定更改餐厅的名字,作为安装绿色气球招牌的借口。正如汤姆怀疑的一样,那个气球里面藏着电视摄像机。

凯斯勒还说克劳斯·斯特考从监狱里逃出来的时候就加入了这个组织了。他们曾试图在医院绑架斯特考,害怕汤姆认出来他,进而怀疑这个招牌。

"说说关键部分吧。"汤姆催促着说,"Q组织对于真正的绿色球体有没有其他特殊的兴趣?"

囚犯盯着汤姆看,就好像看着从地板上冒出的鬼魂一样。"我不知道你是怎么猜到的,但是我很高兴你猜到了。这会让你相信我接下来所说的。"

"你快告诉我们!"艾姆斯呵斥道,"然后我们再决定是否要相信你!"

"绿色球体上存在着很多不一样的生命形态。"凯斯勒告诉了他的提问者,"在研究无线电传输来的信号之后,Q组织确定球体曾经试图和地球进行联系。但是他们没有办法破解对方的信息。后来弗拉姆在肖普顿碰见了一个同伴,声称能够通过大脑收取太空信号。"

"是乔伊·穆尔弗吧?"汤姆问道。

凯斯勒再一次盯着汤姆,说:"是的。穆尔弗看上去非常古怪,但是弗拉姆决定测试他,结果显示他是有一定水平的。他可以一口气说出这个信息是真是假,根本不用猜。"

"他是如何做到的?"汤姆问。

"正如Q组织专家们指出的那样,通过某种无线电形式的心灵感应。整个过程包括人工感应脑电波,但是其中的细节依然是个谜。很显然,小行星上的生命要比我们进步,至少他们远距离交流的能力比我们强。"

"那你为什么要扮演格里姆赛博士?"韦斯·诺里斯问道。

"我马上就要说这个。"凯斯勒解释道,"绿色球体上活着的生物非常害怕汤姆发明的那个电视探测器。"

汤姆呼吸急促起来,问:"他们是怎么知道这个探测器的?"

"他们知道很多。"凯斯勒冷冷地回答,"球体上的物质能以任何方式和地球进行交流。你也会非常惊讶,他们曾经告诉过我们很多有关于你们集团的事情。Q组织的研究人员有预感,小行星上的生物可以直接监测人类的脑电波。"

艾姆斯和诺里斯非常震惊地看了看对方。

巴德插了句话:"你的意思是说绿色球体上的生物在给Q组

织提供信息吗?"

"是的,穆尔弗作为他们接收人类信息的无线接收器。一旦小行星上的生物感应到他后,就会开始给Q组织传送信息。"

"等一等,我要弄清楚一件事情。"汤姆说,"为什么小行星上的生物害怕我的电视探测器?"

凯斯勒耸耸肩。"这就是另一个谜团,连Q组织的高管也不知道为什么。他们认为小行星出于某种原因一直都在关注斯威夫特集团。"

"所以说这种未知的生物和Q组织一起破坏这个探测器是一种阴谋,对吗?"

"完全正确。"凯斯勒说,"他们制定方案,让我假扮格里姆赛博士,就可以进入到集团盗取你和你爸爸研究的科学机密。作为回报,我们必须破坏你的电视方案。"

"这就是你希望完成的任务。"艾姆斯说,"通过消灭掉项目里包含的所有的人,汤姆、格里姆赛博士、费利克斯·王和汉森。"

凯斯勒继续说:"他们甚至利用一种不知名的病毒来传播疾病。"

凯斯勒补充道,结果证明,斯威夫特家的防范措施非常严密。但是弗拉姆跟踪汤姆的三个工作人员,毫不费劲地就进了他们家里,给他们注射了一种化学物质。

格里姆赛被认为是最容易装扮的,因为他有一头浓密的头发和胡子，还戴眼镜。Q组织本来可以通过整形手术来制造一个代替他的人。但是凯斯勒和他的体重和特征都非常相似，再加上假的头发和胡子进行装扮，就足够假扮他了。尤其是格里姆赛生病住院，使得他的外貌和声音都发生了一点变化。

年老的科学家只被投放了少许的化学物质，因此他恢复得很快。晚上的时候他出院了，凯斯勒说，格里姆赛博士被绑架了。组织给他注射了吐真剂，使得他说出知道的所有信息，这样假扮他的人才能瞒天过海。

格里姆赛说："然后第二天，我假扮他来到了企业集团。"

"那真的格里姆赛博士现在在哪里？"汤姆问道。

"他现在作为人质被关在Q组织总部的秘密实验室里。"

"实验室在哪里？"艾姆斯问道。

凯斯勒要来一张地图在上面确定一个地点，这个地点离肖普顿有几公里。"这个组织以远处山顶上一个废弃的疗养院为基地。"他解释道，"周围方圆几公里内都是村庄和松树林。通往山上的唯一道路是一条土路。"

凯斯勒说，这个疗养院已经被巧妙地改造了，安装了一个可以滑动的天窗，夜晚的时候可以打开，暴露出那些复杂的天线系统。这个组织的科学家们还完善了人工云雾吊具以掩饰自己的行动。

"拖动这个设备可能需要费很大的力气。"诺里斯眉头紧锁

地说。

"不要以为你们能偷袭得手。"凯斯勒提醒道,"有雷达报器监视飞机,电视会监视那条土路。此外,还有一个问题。"

"什么意思?"汤姆问道。

"小行星上的生命。我刚才说了,他们好像可以监视人类的交流。他们会给Q组织传送警告信号。"

"我怀疑小行星上的生物有没有那么大神通。但是我们不能冒险。"汤姆说完,转向艾姆斯和诺里斯,"我们现在需要部队和探员来进行逮捕。哈伦,你开车去警察局,让罗克队长把所有可用人手都召集起来,好吗?韦斯,请你通知调查局的其他探员。我认为我能够在集团召集足够多的志愿者做好艰苦战斗的准备。我的计划是……"

不一会儿,一行十二辆装满人的原子能车来到了集团。他们在高速公路上停下来,这距离通往山上的土路有一段距离。这些人鱼贯而出,穿过松树林在山脚全面埋伏。

两个小时过去了。汤姆和巴德焦虑不安地坐在飞机场里蓝天女王的驾驶台处。从无线电那边传来一阵哔哔声。不一会,又传来一阵,然后又一阵。

在十二次"哔哔"声过后,巴德转向汤姆,说:"全部就位,机长!"

汤姆按下红色的信号灯,警示士兵和调查局探员在候机室等

第十七章 围捕行动

候。"伙计们,出发!"

庞大的飞机急速升空,以超音速向它移动。汤姆接近山地上那个团伙的老窝时,迅速降低飞行速度,然后像猎鹰一样猛扑下去。

整个地区都笼罩在白蒙蒙的雾气之中。突然间,疗养院墙的四周喷出一团炙热的红光。汤姆打开了爸爸发明的巨型探照灯,飞行实验室靠它的喷气推举器飘浮在空中,超强力的光线穿过了浓雾。

"但愿我们的火焰喷射器不要引起森林大火。"巴德嘀咕道。

"他们的目标是彻底清除地面。"汤姆回答道,"除此之外,林业局告诉我现在整个树林是非常潮湿的。"

疗养院里的人疯狂地从大楼里往外面跑。军队和调查局的探员们在低空盘旋的飞机降落后,冲出来,开始包围他们。一些人企图从四周的墙翻过去,但被守在那里的人抓了起来。

大探照灯发出了可怕的强光,所有的囚犯都跑回大楼里。韦斯·诺里斯命令工作人员关闭了扩散雾气的装置。

几分钟之后,汉克斯特林登上了"蓝天女王"号,"搞定了,机长!所有障碍已经清除完毕!"

汤姆和巴德从飞机中爬了出来,急匆匆地向大楼跑去。他们在大楼内发现了格里姆赛博士,他非常感激他们前来营救。然后汤姆收到了哈伦·艾姆斯的报告，安保队长正对那些面无表情的囚犯们做着手势。

"根据他们这些人说的以及秘密报告显示，Q组织一共有三十七名成员。但是现在我们抓到了三十六个。唯一逃跑的那个男人是Q组织的头儿。"

"你知道他长什么样子吗？"汤姆问。

艾姆斯笑着点点头，然后从手里拿出一个东西。"我们在办公室里发现了这个东西。"

汤姆看见艾姆斯手里的东西时，脸色惨白，一个正方形水晶块上面刻着一条黑色的眼镜蛇——这是一位他们以为已经死了的强大敌人的标志！

第十八章　拉马的天空

看见这个正方形的水晶块，巴德倒吸了一口气。"这个是黑眼镜蛇的会徽！但是这个男人死了，汤姆！"

"我们也是这么认为的。或许我们错了。"

几个月之前，在与小行星海盗进行搏斗时，汤姆和巴德落到了奸诈的犯罪头目"黑眼镜蛇"手中，几乎丧命。有报道称他的飞船在幻影人造卫星上进行反物质爆炸的时候遇难了。

"哈伦，有关于Q组织头儿的描述？"汤姆问道，"符合吗？"

"恐怕是他，机长。"艾姆斯回答道，"他们说他长得高大健硕，是混血。"

汤姆在寂静中承受着这个令人气愤的消息。Q组织成员已束手就擒，汤姆希望在继续探查小行星时不会受到敌方干扰。可现在，最危险的敌人依然逍遥法外，而且对汤姆展开报复的可能性更大了！

"韦斯，你可以通知调查局和警察立刻展开搜寻吗？"汤姆说。

"我已经打电话通知警方了。"诺里斯回答道。

"罗克队长已经答应会封锁通往山上的全部道路。"

"我也通知咱们这儿的所有人现在搜索树林。"巴德插了句话,"他们可以用对讲机保持联系。"

汤姆赞成巴德的提议,但是他说,估计敌人不会在黄昏之前冲出采石场,到达那边的松树林。

"这个组织中哪个人是弗拉姆?"汤姆问艾姆斯。

艾姆斯立刻指了一下。一个光头的、长着浓密胡子的人从被抓人的人群中站了出来。

"你给王和汉森注射的什么药物?"汤姆问。

"我不明白你在说什么。"弗拉姆嘟囔着。

"别和我来这一套!"汤姆的眼睛冒着光,"你的帮凶凯斯勒已经将事件全盘托出,如果王和汉森他们俩死了,你就是蓄意谋杀。有解药吗?"

弗拉姆屈服在这个年轻人的盛气之下。"没有,据我所知都没有。"他结结巴巴地说。

"把你注射的化学物质的公式写下来。"汤姆命令道。

弗拉姆颤抖地写着。他写的时候,汤姆紧盯着其他犯人,从中认出来一个瘦削、长着一个大鼻子的人。他看上去非常迷惑,愁眉不展。

"穆尔弗!哈伦,他也是犯罪组织的一员吗?"

艾姆斯点点头,然后问:"你认为医生能根据他写的化学公式制出解药吗?"

"我希望可以,你最好也这么希望,先生!"汤姆告诉弗拉姆,"我们会邀请到最好的医学专家来研究。"

晚上九点的时候,在斯威夫特企业集团的办公室里召开紧急会议。汤姆、他的爸爸、格里姆赛博士、汉克·艾姆斯和巴德·巴克利围坐在会议桌前。

汤姆开始说:"出于一些未知的原因,存活在绿色球体上的生命形式看起来对我们有敌意。现在我们知道他们可以监视我们的通讯并且预见我们的行动。更糟糕的是,黑眼镜蛇现如今还逍遥法外,并且还帮助他们。我不知道他们在密谋什么,但是我们最好赶在他们进攻之前进行探测!我们唯一能够解救费利克斯和亚弗的可能取决于我们对小行星了解多少。这也可能会涉及我们国家的安危。"

年轻的发明家说星期一的晚上他希望为探测准备好所有的仪器和装置,这样在星期二早上八点的时候就可以进行发射。

"三天!儿子,时间太紧张了。"斯威夫特先生说,"那关于你答应的电视展示怎么办呢?"

"我肯定不会让它干扰我的探测工作的,爸爸。"

"非常好。我想你把工作都安排好了。"

汤姆转向巴德说:"我希望你能作为在费林岛和集团之间的协调员,来交流发射详情。我们将会用桑普森·马克三号货物火箭。明天我将会给你们介绍要安装到火箭上的所有设备。我希望火箭能够星期二发射之前安装到发射台上，加好油。"

巴德激动得两眼放光，"收到！"

"汉克，我有一个可电视录像的飞行模型设备，安装在机器人的内部。"汤姆继续说，"需要制作四个产品副本，还有三个常规便携式模型。"

汉克·斯特林答应安排夜班，马上开始工作。

"汤姆，原来的机器人要干什么用呢？"格里姆赛博士问道。他听到汤姆说大火如何摧毁这些模型半成品之后，非常震惊。

"但是控制装置现在仍在生产线上。"汤姆补充道，"所以完好无损。我想请您和我，还有我爸爸一起工作，很快就能制作四个新机器人。"

周末的时候，斯威夫特集团到处是繁忙景象。星期六下午，巴德看上去闷闷不乐，躲进了汤姆的实验室里。

"有麻烦了？"年轻的发明家问。

"是的，约会有麻烦了。"巴德说，跳到了实验室的凳子上。"我真希望今晚能有时间带桑迪跳舞。"

"是她请求取消的？"

"你明明知道。"巴德反驳道，"我打电话的时候，她告诉我说你送她和菲利斯出城出差有公事。透露点消息吧，朋友？"

汤姆的眼睛闪闪发光。"我给她分配了一项特殊的任务，飞

第十八章 拉马的天空

人。恐怕我现在只能告诉你这么多。"

工作按部就班地进行着,星期一下午两点的时候,汤姆、斯威夫特先生和格里姆赛博士开始对四个机器人进行组装。电视摄像机安装在机器人大脑里,机器人电线和内部的设备连接好后,头部又和身体安装到一起。巴德和乔瞪大眼睛认真地看着,咧嘴笑着。

"尝尝我的小姜饼吧!"乔大叫,"这些小人看起来像小火星人!"

机器人是由镁合金建成的,一米高。虫子一样的脑袋上插着电视和无线天线。他们的胳膊和腿是由金属管子弯曲而成的,身体呈圆柱形。

"他们怎么活动呢?"巴德问道。

"在地面用无线电控制。"汤姆解释说,"它是由离子驱动的。你看,每一个都是小型太空飞船。它们进入到球体的时候会脱离母体火箭。"

"驱动离子。"汤姆继续说,"是从它们的胳膊和腿里喷射出来的,所以它们移动四肢的时候,控制器可以调整机器人向任何方向移动。它们会用自己的动力逐渐靠近小行星以便侦察。"

"这些小家伙能着陆吗?"乔问。

"是的,安全的话是可以的。"汤姆说,"它们是陀螺仪控制的,可以来回移动。"

巴德笑了笑,仔细看着机器人的脸。"它们的'眼睛'是你的电视摄像机,对吧?"

"是的,这两个按钮能够使机器人可视弧度增大。"汤姆还解释说,机器人的嘴可以吸入样本气体,这样可以检查球体外厚厚的雾状大气层。

乔绕着这个金属机器人走来走去,从各个角度仔细观察着。"汤姆,你管这个东西叫什么?"他问。

"还没想呢。有什么建议吗?"

"你觉得'大笑的小鬼'怎么样?"巴德开玩笑地说。

"呵呵。"格里姆赛博士笑了笑,"这个确实要比单纯叫小鬼好听多了。这将是我们勇敢的侦察兵,像老海盗们一样向未知世界前进!"

"你觉得'可视海盗'这个名字怎么样?"老汤姆说。

他的建议博得了在场所有人的掌声。

"好名字,爸爸!"汤姆同意道,"就这个名字。"

对机器人的录像装置和行走稳定性进行测试之后,汤姆、巴德和乔一起乘坐挑战者号快速飞回费林岛,去试试可视海盗的"太空腿",结果显示机器人非常完美。

第二天早上,新闻广播和各大标题都出现了汤姆·斯威夫特做出的轰动性的公告。每一个住在东部地区的人都受邀晚上九点观看夜空,同时也建议他们带便携式收音机,并且调试到合适的频率。

"关于将要发生什么,著名的年轻发明家没有提供任何线

索。"新闻报道说,"有小道消息称他计划在绿色球体上开启核爆炸。根据另一个线索,他准备进行一场壮观的电子焰火表演。无论汤姆·斯威夫特先生做什么,可以确定的是所有受邀的人都将看到一场精彩的科学盛宴!"

汤姆在费林岛上花了一晚上的时间做准备。发射人员热火朝天地进行了准备。随着一道明亮的光,桑普森·马克三号于早上8:13分离开发射台,朝天际边的绿色球体飞去。斯威夫特先生、汤姆、格里姆赛博士和巴德在混凝土建的燃料库里一起观察着这一切。

探测导弹逐渐消失在蓝天中。"好一个拉德·桑普森!"斯威夫特先生小声说,"他做梦都没想到他的名字将会和一颗导弹紧紧地联系在一起,儿子!"

斯威夫特先生说的是一个黑人员工,他的名字叫作依拉迪卡特·桑普森。尽管他去世的时候汤姆还很小,但是依然给他留下了深刻的印象。

"我很高兴我们新发明的火箭是以他的名字命名的,爸爸。"汤姆回答说。

巴德为了准备探测器的发射,没有睡觉。他待在费林岛上的员工宿舍里休息了一会儿,然后在午饭之后飞回了集团。

巴德从飞机场开车去了汤姆的实验室,但是年轻的发明家已经不在这儿了。巴德往主楼里汤姆·斯威夫特的办公室打电话。"对不起。"特伦特小姐说,"汤姆吩咐过如果没有紧急情况,请不要打扰他。"

"好吧，确实不紧急，不要打扰他了。"巴德说，"那这位天才发明家忙着干什么呢？"

"他说有些编剧的东西要写。"

"编剧的东西？"巴德挂了电话，充满了好奇。下午晚些时候，他注意到工厂周围几台电视摄像机在拍摄。

"哇！"巴德小声说，这时他突然灵机一动，"如果我猜得不错，那个可疑的广告主管会来看展示。这将会改变他的想法。"

还有好一会儿才到晚上约定的时间，但来自城镇、农场和其他地方的观众都熙熙攘攘地聚集在户外。其中有一些观众自行拿来台式收音机，还有人带着带耳机的半导体收音机。公共汽车、火车、电话局，还有一些其他的公共设施关注度急剧下降。所有的人都在盯着天空看。

九点的时候，巨大的小汤姆·斯威夫特先生3D图像突然出现在夜空中。这个3D图像是从企业集团的天文台发射出来的，方圆百里都可以看见！

"大家晚上好！"汤姆的声音在百万个扬声器中响起，"你们现在见证的就是我新发明的3D电视。我已经决定利用这个机会使年轻人都对科学事业更感兴趣——这是二十世纪最激动人心的工作！今晚，你们会看见一些令人震惊的科学研究成果，这些成果汇集了众多科学家的努力——当然这些事情都是我们在斯威夫

第十八章 拉马的天空

特集团里完成的。首先我要向大家介绍一个人,这个人引导我走向科学,他就是尊敬的老汤姆·斯威夫特先生。"

斯威夫特先生的讲话主要是谈论教育的重要性。一幕又一幕的研究和测试的情景天空中闪现,他和汤姆带着观众参观了他们的空间试验站。

然后,桑迪为女生们从科学的角度解释了这个职业,并给她们看了一些女强人的采访视频,多为女工程师和研究人员。

舞会的最高潮是一个巨大的绿色球体探测火箭的图像从发射台呼啸着升入空中。然后是斯威夫特空间前哨站的近照,接下来的是激动人心的场景,汤姆的喷气式潜水艇、潜水直升机、原子地球爆破器和其他一些发明。

3D影像空中投射结束几秒钟之后,企业集团接收的电话使交换台一度占线。电话和电报的祝贺也是纷纷不绝。

一个打电话的人叫作安得鲁·诺兰,他是联合广播系统的经理。"汤姆,恭喜你,这是我见过最精彩壮观的表演。"他说,"你的发明使现代电视机看起来像马和马车一样,我要说你可能还破坏了电视台其他节目的收视率。"他悲伤地说。

那个嘲笑汤姆的广告负责人在午餐期间也打来电话向汤姆道歉。"从现在开始我对实验室的科学家们不会有任何非议。"他对年轻的发明家说,"如果你随时有关于广告的新想法,请你第一时间来我们公司。"

"谢谢,我会继续坚持发明的。"汤姆笑着回答。他挂了电话，转向爸爸、巴德和格里姆赛博士，他们都围坐在汤姆的双人办公桌旁边。

不一会，电话又响了。

"如果交换台一直开着，你可能一晚上都脱不开身了，朋友！"巴德开玩笑地说。

这次打电话的是乔治·迪林，他在费林岛的指挥中心监测桑普森·马克三号项目。"火箭探测器即将要进入球体，机长！"他说，"你的'可视海盗'在接下来的几分钟中内就要脱离母体了！"

第十九章　一场3D"直播"

听到这个消息,汤姆的心怦怦地跳了起来。"准备行动!"他说道,"我们马上就到!"

大家一起冲到飞机场,飞到火箭基地费林岛,又乘坐吉普车来到东海岸上的机器人监控站。

一组电子齿轮被安置在门外平坦的沙滩上。汉克·斯特林是负责人,他戴着耳麦,在他周围是来自首都的政府科学家。

汤姆和斯威夫特先生与伯恩特·阿尔格伦打了招呼,他给他们介绍了其他人。其中有些已经是他们的老朋友了,比如里奥·波尔弗里博士。

"机器人已经脱离了火箭飞行器吗?"汤姆问汉克·斯特林。

"是的。空间站正在监测显微镜幻灯装置。"汉克补充道,"他们报告机器无故障。现在已经进入绿色球体的大气层。"

汤姆戴上耳机,走到操纵台。他启动了气体分析监控器,来检查由'可视海盗'遥测传回的数据。

"氯超过了90%！"斯威夫特先生小声说道，"所以球体云层才会呈淡淡的黄绿色。"

氯的数据渐渐消失了，气体取样表明天体内部的空气和地球相似。大部分是氧气和带有氨气的氮气，还有淡淡的氯气痕迹。

"太棒了！"格里姆赛说道，"氯气比氧气和氮气轻，它似乎处于更高的大气层。"

"一定是由于某个选择性排斥的形式。"阿尔格伦推测道，"天体生物可能会用氯气层作为保护层。"

汤姆表示同意。"机器人已经穿过云层。"他宣布道，"我们应该能够清楚地看到绿色球体里面了。"

汤姆打开电视投影仪，调了几个表盘来放大'可视海盗'遥测并传回地球的图片信号，大家都屏住了呼吸。

一个魔法般的奇异景象映入眼帘。在探照灯的照射下，汤姆把它投射到了水上。

"我的老天啊！"巴德脱口而出。其他的目击者也惊奇地尖叫起来。

他们看到的是微小的绿植覆盖的一堆堆小山丘。汤姆从一个暗箱转到另一个暗箱，但是四个装置传递的是同样的景象。

"没有建筑物，没有生命迹象。"巴德嘟哝着。除了那些绿色的小山丘，没有其他的东西了吗？

汤姆操控着机器人，旋转'可视海盗'的头部，让它的暗箱可以观察滑行到天体表面的其他机器人。

第十九章 一场3D"直播"

"你准备让它们降落吗?"波尔弗里问道。

汤姆点了点头。他操控着机器人,使机器人通过压缩喷气机顺利刹住,垂直着陆。天体的低重力使操作轻巧、容易。

让地球观察员们吃惊的是,他们注意到天体的表面是柔软的,而不是坚硬的。机器人在弯曲得像迷宫一样的小路上行走时,或是在山谷间、山谷内行进时,脚踏在地上都会踩出淡淡的脚印。

现在整个风景开始慢慢地抬升,像一片波涛汹涌的大海。机器人摇摇欲坠,如果不是因为他们的平衡机制,他们可能就会倒下。小山丘似乎也绵延不断,起起伏伏。

"太不可思议了!"斯威夫特先生嘟哝着,"那些小山丘看起来像活了一般。"

"爸爸,那也许就是答案!"汤姆尖叫道。

"你是说那些形成物是活的?"

"是的!大家同意吗?"汤姆兴奋地转向所有的科学家。"我们一直把天体看作是一个无生命的东西,就像一个小行星,但它实际上充满了生命力。"

"你的意思是……?"阿尔格伦问道。

"这个绿色的天体本身就是生物,更确切地说是生物的聚集地!"汤姆回答道,"那些小山丘可能是整个有机体的单位细胞,如珊瑚虫结合起来形成珊瑚礁,只是这个是在太空中!"

"一个更好的比喻就是僧帽水母。"斯威夫特先生认真地说道,"它看起来和行动起来都像一个单一的生物,但是事实上是成百上千个极小的生物聚集在一起,成为一个有机体的集聚地。"

"但是我们一直认为这个天体生物有很高的智商。"波尔弗里博士反对道,"事实上,如果它能够用高超的技术传递信息,那么一定是这样。"

"这个天体可能会有中央情报系统。"汤姆争辩道,"可以比较一下我爸爸给出的例子。僧帽水母由成百上千的珊瑚虫组成。一些珊瑚虫形成触角来刺击和控制捕获物,有些触角负责吃捕获物,其他的负责繁殖。天体也是,也许有特别的思考和通讯细胞,也许在它绿色的外壳中!"

"汤姆!'可视海盗'有危险!"巴德喊道。

蜿蜒起伏绿植丛生的山——或者叫"珊瑚虫",行为愈发猛烈。一些被拉开而形成的巨大獠牙威胁着要吞没摇晃的机器人。汤姆急忙进行无线电控制,"可视海盗"乘喷气机安全起飞。

所有的科学家都看着汤姆把机器人引导到这次神秘的太空旅行中一个完整的轨道上。在每个地点,他们的摄像机显示的都是一样的风景。最后汤姆指示它们回到火箭飞行器,三维景象从视线中褪去。

伯恩特·阿尔格伦立刻召集会议,来讨论下一步行动。

第十九章 一场3D"直播"

"我要乘坐宇宙飞船去这个绿色的天体。"汤姆说道,"这个探测器已经揭示了天体是什么样子,但只有载人登陆才可以给我们关于太空之谜的答案。"

科学家们一脸担忧。

"不管控制天体神志的是什么东西,我们都知道它有敌意,汤姆。"波尔弗里博士指出,"尤其是对你!"

"这样就更要让它们现身了。"汤姆争辩道,"天体正在扰乱通信系统,危害国家的安全。我们不知道它从哪里来,也不知道为什么来。它也许会威胁到地球上所有生物。我们要坐以待毙吗?"

汤姆让大家反思一下他说的话,然后接着说:"如果我们载人登陆,也许就能与球体上的任何智力生物达成相互理解。"

"你想与天体上的生物沟通吗?"阿尔格伦问道。

"如果它能监测我们脑波输出的话,为什么不呢?它能够与Q集团交流。"

"但是没有防御和保护的手段就上去……"阿尔格伦担心地摇了摇头。

"记住,球体也害怕我们。"汤姆回答道,"我有预感,它不能承受外来的电磁活动。我们只要有这个武器就够了。"

"球体自己发射的东西呢,儿子?"斯威夫特先生提问道,"你们之前的侦察中,它们使你和你的工作人员神志不清。"

"我想有解决的办法了,爸爸。"汤姆说道。他用图展示一个小巧的可以发现高频率震荡并由他自己的脑波进行调节的装置。"这会产生一个磁场来抵消来自球体散发出来的任何东西。我会为它设计一个特殊的头盔，不会干扰我们的太空头盔。"

第二天早上，大家又开始紧锣密鼓地做着新一轮准备，准备到绿色球体进行探险。汤姆被志愿者们团团围住。他选择了巴德、汉克、乔和另外十二个人。佩德罗·乌兹库顿也自愿参加。这个巴斯克人没有宇航员的经验，汤姆决定让他去接受测试。如果佩德罗通过了，这次冒险行动就带上他。

年轻的发明家发出命令，让集团的人们将两架机器人做好去绿色球体的准备。在接到汤姆的命令之前，不得启动任何一架机器人。

星期四清晨，空气中弥漫着灰暗的雾气。斯威夫特先生、格里姆赛博士、伯恩特·阿尔格伦和其他政府科学家聚集在费林岛观看宇航员起飞。

汤姆最后一个登上飞机。"别担心，爸爸。"他说道，"让妈妈和桑迪知道这是必须要做的事。"

"我会尽力让她们理解的，儿子。祝你们所有人好运。"

几分钟后，迪林在广播里通知一切就绪！挑战者号升入天空中。

在被悠长的外推动力送入闪亮的星际太空的时候，宇宙飞船上的情景有点滑稽。所有工作人员的脸上显示着所有人都能感觉到的紧张。最后，通过飞船上的窗子，已经可以看到绿色球体。

第十九章 一场3D"直播"

挑战者号离它越来越近,绿色球体的大气开始放射出耀眼的光辉。

"可怜我的鹅肉呀!我不喜欢这个景象。"乔不安地嘀咕着。

汤姆什么也没说。他已经准备好操作,在穿过球体的大气层后登陆。

"好消息是,我们的头盔中和器看起来正在起作用。"巴德说道。

突然一个工作人员用内部通话设备传来消息:"辐射控制室报告。我们的监控器已经失灵!我们得不到伽马射线和宇宙射线的数据。"

"主发电机舱也有麻烦,机长!"另一个焦急的声音也传来,"太阳能转换装置不能充电了!"

汤姆紧咬着嘴唇,不知发生了什么事。"待命。"他命令完然后呼叫飞船无线电人员,"迈克,无线电和费林岛联系顺畅吗?还能联系上吗?"

这个年轻科学家的答案带来了一阵恐慌。"几分钟以前还能,机长。然后传播就渐渐变弱。现在只能收到静电了。"

"嘿!我们不是在制动降速!"巴德插嘴道。

汤姆仔细检查操纵盘,吓得双眼圆睁。"没有斥力装置。飞船在加速推动!"他喊道,"我们的自动驾驶仪可能坏了!"

汤姆脸色苍白,快速地进行手控,并使主舵斥力装置加速。

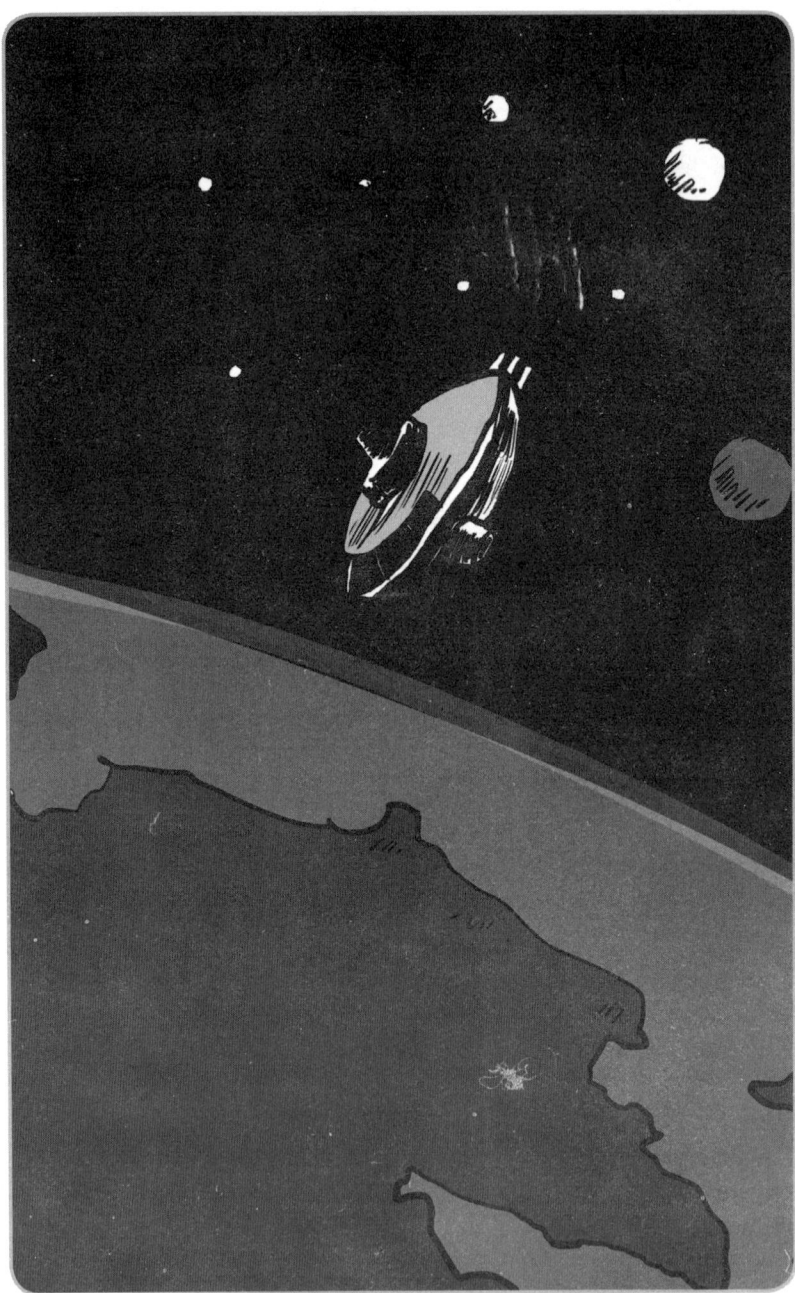

斥力本该让飞船减速——但是没有反应！

"我们的斥力装置发电机出问题了！"汤姆倒吸了一口凉气,"我们失控了！"

速度控制不住了,挑战者号猛地冲向了绿色球体表面。

第二十章 小行星的秘密

汉克·斯特林冲到了斥力装置室下面。很快，他通过对讲机报告说："机长，我们有充足的储备电力，斥力装置发动机也正常。问题应该出现在飞船的外部！"

巴德惊恐地看了看年轻的发明家："球体在中和我们的光吗？"

汤姆沉重地点点头："它们可能是用不同频率的辐射进行拦截。或许它们是用某种集中辐射场把我们困住了。"然后，他继续说，或许能解释无线监视器和太阳能转换装置所出现的故障。

汤姆再一次抓起对讲机联系无线电人员，"你能联系到费林岛吗？"

"到目前为止还不可以，机长。"回复传来。

"试试私家耳朵无线电！"

这个特殊的双向设备和汤姆曾经设计的太空探测器有相同的抗逆转平波效应。发送器和接收器以最难发现的通讯方式"锁住"。这样，传输在极其狭窄的射线中完成，几乎没法拦截到。

第二十章 小行星的秘密

驾驶舱的宇航员焦急地等着无线电人员的报告。挑战者号越来越靠近小行星,整个机舱内都充斥着奇怪的绿光。乔和乌兹库顿非常惊奇地看着这个奇怪的物体。

"后悔没回去放羊吧,呃,皮特?"乔咕囔说。

巴斯克耸耸肩。"这就是在西班牙斗牛场里的'关键时刻',我和汤姆·斯威夫特来这探险,我一点都不遗憾。"

乔笑了笑不由自主地伸出他那长满老茧的双手,"伙计,你随时可以在我的空间厨房吃东西!"

无线电人员的声音突然传来:"我联系到了费林岛!"

汤姆抓起了麦克风:"是乔治吗?"

"收到,机长。"迪林回答道。

"这个事情很紧急!让那些重要的企业集团和前哨站要用最大的功率开启他们的探测器光线。我想要所有的传输器,无线、雷达、激光,都向小行星射去光线。所有的空间站和飞船都以最大功率传送连续信号和脉冲。"

"这是什么,反击?"巴德问。

汤姆严肃地点了点头:"记得小行星对我们的探测射线和斥力装置射线产生什么反应吗?好吧,我们现在知道它是一个组织的基地。如果我猜得对,那么他们对外界的电磁波会非常敏感。这就是为什么他们想要阻止我们的电视探测器。"

这几分钟中,小行星的绿光变得越来越亮,越来越可怕。周围雾一样的大气像暴风湍流旋转着。

"我们已经使他们晃动起来了!"巴德喘着气说。

现在挑战者号离这个奇怪的太空物体越来越近。前方的绿色光芒忽明忽暗,整个可见的范围内都充斥着这种光芒。

汤姆尝试着用主斥力装置。船放慢了速度的时候,它做出了及时的回应!

"感恩吧,同志们!恢复正常了!"机组人员听到汤姆的话,脸上开始放光,"皮特。"

"在这儿呢,朋友!"巴斯克回答道。

"你接收到任何消息了吗?"

"没有。事实上我有一种非常奇怪的感觉,我被一些看不见的帘子包围着,隔绝着外界的影响。"

汤姆皱了皱眉,然后猛地打了个响指,说:"我是一个多么傻的傻瓜!这个一定是那个特殊的帽子,皮特。把它摘掉一会儿吧。"

乌兹库顿照做了。他的脸色苍白。"小行星看起来正陷入水深火热中!"他喃喃地说,"它希望停战。如果你能停止进攻,它将不会对地球发动任何伤害。"

"可怜我的小行星呀,你把他们打得好惨呀,头儿!"乔雀跃地喊道。

汤姆打电话给迪林,命令所有的发射机停止发射。不一会,飞船就陷进了厚厚的绿色漩涡之中。最后,挑战者号在厚重的云层下面出现。

第二十章 小行星的秘密

汤姆看到下面逐渐展开的奇异景色时,心跳得非常快。整个景色沐浴在奇怪的海绿色暮光之下。

"没必要用斥力。"乌兹库顿小声嘀咕说,"这个小行星输出的斥力就可以支持我们。"

巴德怀疑地看了看汤姆,说:"你觉得关掉我们的斥力装置光线安全吗?如果是个诡计,我们会坠机的!"

年轻的发明家决定这么做:"我确定如果必要的话,我们可以以最快的速度启动来避免撞击。如果我们希望和谈,那么这次就应该相信小行星。"

挑战者号稳稳向下飞,到了绿色山顶停止盘旋,汤姆的信任看起来合情合理。

"机长,我们下一步怎么做?"汉克问。

汤姆转向乌兹库顿。这个牧羊人用手指着太阳穴眼神呆滞地集中精神。

"离开飞船。"乌兹库顿慢悠悠地说,"你会被引导到这个控制绿色小行星的大脑。"

汤姆感到一阵恐惧。整个过程都是狡诈的陷阱吗?小行星上的生物想活捉他?甚至一旦进入它们的控制范围,会杀了他?

然而,尽管乔强烈反对,汤姆还是决定这么做。忠实的厨师,还有巴德、汉克·斯特林和皮特·乌兹库顿,也立刻自愿陪他。汤姆选择了巴德,因为他可能需要巴斯克人去和小行星上的生物沟通，所以他还带上了乌兹库顿。然后，汤姆摘下了有中和功能的帽子，巴德也照样做了。

"我们在外面怎么办，走着去？"巴德问道。

年轻的发明家不确定地皱了皱眉头。"不，我们会带着斥力装置驴子。"

挑战者号上带来了几个那样的"飞毯"。汤姆发明它们作为在月球上的交通工具。它们是很小的斥力装置动力雪橇。

他们穿上太空服通过锁风通行道走出来，到了降落甲板上。汤姆看见山下起起伏伏的运动。这些"珊瑚虫"身上闪着特有的光泽。

"我很开心我们不用步行穿过那个'动物园'！"汤姆用他那个便携式无线收音机轻声地说。

"深有同感，朋友。"巴德嫌弃地说，"绿色的肉，呃！"

他们踏上了驴子，开走了。

"并不需要任何的动力。"乌兹库顿再一次说。

微型飞机在小行星的表面上浮动。此时此刻汤姆正在瞪着大眼看着。他也开始"接收"信息了！汤姆发现很难解释，但他知道他们正逐步陷入小行星中央情报区控制之中。

然后他注意到巴德面部惊恐的表情，"你也开始接收信息了吗？"

"当然，请叫我马可尼（知名物理学家）！"巴德不安地宇

第二十章 小行星的秘密

说,"希望我们并没有陷入陷阱之中!"

在飞行了几分钟之后,他们的平台停了下来。所有的宇航员都能看见发生的事情。他们看着地下非常奇怪的地形时,心跳加速。

几条绿色的"珊瑚虫"慢慢分开,露出了他们的洞穴。汤姆看到里面的东西,后背和脖子感到一阵凉意,里面是一个没有形状的火球,一团发光的能量!

"就像是来自X球星的访客!"汤姆惊奇地想着,"但是这个要大得多。"

"你们好,地球人!"他们在脑袋里闪现了这样一条信息。

这些奇怪的太空旅行者都来自哪里?汤姆非常好奇。但是他立刻得到了答案。

"你们可能更喜欢说'我们'来自太阳系以外很远的地方。"

汤姆发现他正在和小行星的大脑交谈之后,倒吸了一口气。

看见他的反应之后,这个人继续说,"不要惊慌,我正在从你们三个人大脑里收集信息。作为回报,我正在向你们传送编码成人类大脑电波的信息。这会在你的大脑中产生回应电流,这样你就可能读懂我的信息了。"

行星之间的空间距离巨大,这个小行星的大脑解释说,这个交流过程没有什么效果,只有特别敏感的人类大脑,比如乌兹库顿或者是穆尔弗,才能接收到它们的信息。

"为什么你要帮助Q组织来阻止我的电视探测器？"汤姆问。

"就像你猜测的一样，我们的基地或者组织对外部信号有很强烈的反应。如果我们要继续生活下去，就不能让它影响我们的内部电波。你在集团里的活动对我们来说就是一个非常恐怖的威胁。"

"但是你的电磁波已经扰乱了地球无线通信。"汤姆报告说。

"入侵你们的太阳系是一个错误。"小行星大脑承认道，"我们都很清楚，我们无法与地球上的事物无干扰地共存。"

"那你为什么来这里？"巴德问。

"从你们的太阳中吸收能量。"他回答道，"我们需要无尽的资源来支撑我们的生活。这就是我们为什么要从一颗星球到另一颗星球，最后来到银河系。但是不要害怕，在银河系中数以万计的恒星中你们的太阳是最小的恒星，我们也可以很容易地移居到另一个星球上。无论如何，你必须给我们足够的时间让我们从太阳系中撤离，也必须承诺，在我们行动的时候不发动任何攻击。"

"我们一定信守诺言。"汤姆与他交谈着，"但是我们也必须知道被注射化学药剂的朋友的解药。"

化学药剂的公式已经传送到汤姆的大脑里了。这个小行星的大脑答应尽力和斯威夫特家保持联系，并且给地球上的宇航员和

第二十章 小行星的秘密

宙物理学家发送部分有关银河系的信息。

这些绿色的"珊瑚虫"渐渐聚集在小行星的大脑上方。三个宇航员为这奇怪经历欢呼雀跃又深深震撼,他们返回到了挑战者号。很快,这个充满能量的太空飞船加速返回地球。

在费林岛上,人们正以最热烈的欢迎方式等待着英雄的归来。汤姆·斯威夫特受到了A国政府的官方表彰,由总统的科学顾问所主持。斯威夫特夫妇、桑迪、菲利斯和牛顿一家人看上去都非常自豪。

汤姆对费利克斯·王和亚弗·汉森的身体状况非常着急,和巴德一起飞回集团,急忙地冲进医务室。辛普森医生说他们已经脱离危险。

"你告诉我公式的时候,我就给他们注射了解药。"

"这是目前为止我听到的最好的消息了!"汤姆喊道。

哈伦·艾姆斯在保卫处等着Q集团领导人的报告。"我们可以不用再害怕黑眼镜蛇。"他对汤姆说,"调查局跟踪他到一个沿海的港口。尽管他乘坐袖珍舰艇逃走了,但是据海军报道船沉了,他已经葬身海底了。"

在回家之前,汤姆去实验室通过光学望远镜看了绿色球体最后一眼。从这个角度来看,太空中的那个航行者已经缩小了。汤姆看着它一点点消失,还不知道他的"极地之光接闪器"将会使他陷入又一次外太空的刺激探险之中。

"你认为我们还会有那颗小行星的消息吗?"巴德问他的好朋友。

汤姆笑着耸耸肩。"为什么要等小行星来信呢,巴德?或许将来有一天,我们会去银河系的另一个角落旅行呢!"

微信扫码
☑ 科普视频
☑ 趣味动画
☑ 脑力测试
☑ 交流园地